JN111658

忘れえぬ人

細川かの子

東京図書出版

忘れえぬ人◇目次

研修医

医師免許を手にした研修医の初任給は、経験三十年の先輩看護師の給料より数段高い。社会的立場と仕事の内容が違うんだから当然のことだと、世間の人は言うだろう。入職三年目になる看護師の真衣は、何やら不穏当なものを感じている。

ここ北日本総合病院には、毎年十数名の新卒研修医が、三年間の研修義務を負ってやってくる。三年過ぎると、七〜八割は、大学に戻ったり、他の病院に移ったりしていく。三年間の研修中は、三〜四カ月毎に各科の病棟や外来、院外施設などを回って現場の知識や技術を身につけながら診療に当たる。

過去のインターン制度は、二年間無給で知識と技術と修身に励んだといわれるが、これまた過酷な制度だったと思うので、研修医が有給になったことに異論はないのだが。

「看護師って侘しいわね。新卒でも研修医は看護師の倍近い初任給を貰い、一旦、白衣を着たら『先生、先生』って尊敬されるんだもの」

真衣は、ため息交じりに呟いた。

先ほど、総務のメッセンジャーが職場の休憩室に各種のレジメを配布していった。真衣はその中から賃金改定表を抜き出して眺めている。

「なに、ブツブツ言ってるの。何か不満があるの」

入職十三年の保美が、休憩室の長机でお弁当を食べながらニヤニヤしている。

この病棟は、小児科と内科の混合病棟である。

休憩室には、居残り当番のため、早弁をしている二人しかいない。

「医者って、学生時代と中身はちっとも変わらないのに、一歩社会に踏み出したら破格の待遇を受けるでしょ。さぞかしプライドを満足させて、我が身を過信してしまうのではないかとお節介なことを考えるんだけど」

真衣は、これまで疑問に思っていたことを先輩に聞いてみたくなった。

「そんな、余計な詮索はしなくていいのよ」

保美は、面白いことを言う後輩だという顔はしているが、聞き流そうとしている。この先輩は余計な神経を使ってストレスを招かないように自分を戒めているのだろうか。いや本来は反骨精神旺盛な人のように見える。

真衣は二年間、この先輩から指導を受けてそのような感想を抱いている。

「ところが医学部出身の頭脳明晰な人達は、そういう素振りは微塵も見せないのよね。それどころか看護師にはやけに愛想がいいじゃない」

真衣は先輩の秘めた内心を聞き出したくなって、さらに聞いた。

「それは、看護師とは仲良くしておいた方が得策だという計算があるのよ」

保美はうまく乗ってきたと真衣は思った。

「特にベテラン看護師の前で威張ってると、反対に恥をかかされたりするからなのね」

真衣は、経験豊富な看護師が、研修医に意見をしている場面によく遭遇した。

『先生、この指示、早く出してください』

『あの指示ではまずいんじゃないですか』

『あの患者さん、怒ってますよ』

次から次へと、看護師が主導権を持って指図しているような風景である。研修医は、薬品一つとっても耳新しいことが多いから、ベテラン看護師の前で平身低頭の体でいるように見える。

「新人の頃は素直で、可愛いでしょ。ところが二年も過ぎると豹変する医者が多いのよ」

保美はそう言うと顔をしかめて、レジメの束からさりげなく院内報を抜き出して読み始めた。手作り弁当は綺麗に食べ終え、赤い花柄の弁当袋にしまって横に片付けてある。

研修医が全科を一回り研修して、知識や技術を身につけ、重症患者の対応もできるようになり、院内の諸規定にも精通してくると、看護師に対する態度が変わる。

それまでは平身低頭だったのが、上から目線になってくる。

真衣も薄々そのような雰囲気は感じていた。全部の研修医がそうではない。そういう研修医が一握りではあるが、存在するから目立つ。自信をつけてきた研修医は、医師としてるのかもしれない。

の威厳を保ちたいだろう。看護師の指示まがいの言動や知ったかぶりの態度に頭にきてい

真衣はそんなことを思う。

最近目立って怖いのは、西野女医である。やたら英語の医学用語を使ったり、難解な医学知識をひけらかしたりして看護師を威圧する。

「私はあなた達とは違うのよ」と開き直った態度に見える。

ヒステリー気質の彼女は、入職当時、満面笑顔で看護師達に急接近し、友達づきあいをするように接していた。ところが最近は、高圧的でヒステリー気質が表面化している。

真衣はついでに西野女医のことを聞きたくなってきた。

「西野先生みたいになるのですね」

「そうなのよ。でもあの先生は直情型だからまだ分かりやすくて可愛いところもあるわ。腹黒いのはもっと陰険なの」

保美は、真衣が思いもよらないことを言った。

「この前の深夜の時、不穏状態の患者さんの対応になす術がなくなって、睡眠剤か何か、処方してもらおうと当直医に電話したら、村田女医だったの。先生は、患者は何か話をしたくて騒いでいるんだと思うから、眠剤を飲ませるのではなく、ベッドサイドでお話を聞

いてあげてください、と言って薬を出してくれなかった。真夜中で、大部屋の他の患者さん達は寝られなくて次々目覚めて、ゴソゴソしているのに、不穏の患者さんに寄り添って話を聞いてあげてくださいと丁寧に指導されたわ。これって、なんか俗に言うパワハラに感じたわね」

「看護師から指示されたくないということ」

「私はそういうふうに感じたわね」

保美は悔しそうな顔をした。

看護師が患者の状態に応じて薬を投与する場合、事前に医師の指示が必要である。この不穏の患者さんには担当医から事前の指示はなかった。不穏が予測される場合、前もって指示が出ている場合もある。

村田女医は今、研修で手術室を回っている。三年目なので脂が乗ってきた時期である。村田医師の指示が、不当であるとは言えない。基本に忠実である。融通がきかないと言えるかもしれない。

ベテラン医師の場合、その辺の状況を察知して看護師の意向に従ってくれることが多い。真衣は、どちらが妥当と言えるだろうかと考えた。

「村田先生は、桜蔭、東大出の才媛ですよね。看護師なんかバカみたいに見えるでしょうね」

「そういうこと。あの先生、研修後も当院に残るらしいから、内地留学に出てさらに修行を積んで帰ってきたらどんなに鼻高々になるかしら」

保美は苦笑いした。

「保美さんは村田先生が苦手なんですね」

「えっ。分かるウ。そうなのよ。なんか合わないのよ」

保美は、自分よりずっと若い真衣から図星をさされてエへへと、誤魔化した。

内地留学とは、三年間の研修医期間が終わって、当院に残った医師が、適当な時期に二年間、国内の他の病院に研修に出ることを言う。東京方面が多い。彼らは最新の医療を身につけ、またひとまわり大きくなって当院の医療の向上に貢献するために帰ってくる。

この時期、自信をつけた医者達と看護師との距離はぐんと遠くなる。鼻っ柱の強くなった医師には、下手に近づかないほうが得策である。

ベテランの医者になると、煮ても焼いても食えない部分は綺麗にオブラートで包み、柔和と渋みのある良いバランスを醸し出す。

真衣は、保美の反骨精神を垣間見るような気がした。

二人は早弁時間が終わって、昼休みに入るスタッフと交代した。ナースステーションは、二人だけで静かになった。と思う間もなく、まだ休みに入っていなかった年配看護師の藤島が入ってきた。なにやら悄然として暗い顔をしている。

「私ね、もう泣きそうになったわよ」

藤島は目を赤くして、涙声で言った。

彼女は悪性リンパ腫の女性患者である斎藤のところにいたらしい。斎藤は、二週間前に入院してきた。四十二歳である。

この間、検査と称して殆ど置き去り状態である。診断はついていたが、原発巣の探索が行われていた。

そのうち、腹部がまさに臨月かと思われるほど腹水で膨満してきた。トイレに歩くのもやっとのひどい状態だ。入院時、こうした症状はなく、急激な進行であった。

研修医の川辺医師が担当している。

斎藤には二人の息子がいる。夫はいない。高校生の次男が、ベッドに臥せりがちになった母親を、昨日の夕方訪ねてきたという。次男は夕食にカレーライスを作ろうとしたが、途中で作りかたが分からなくなり、母親に教えてもらいに来たのだそうである。長男が会社から帰ってくるまでに、母親の代わりにカレーライスを作ろうとしたのだそうだ。慣れない包丁を使ってジャガイモ、玉ねぎなどを切ったまではよかったが、さてどういう順序で煮込んだらいいのか分からなくて、母親を訪ねたという。高校生の次男は、いつも明るく屈託のない顔をして少しはにかんだように看護師をみる。

夫は十年前に何かの理由で蒸発したらしい。斎藤は女手ひとつで二人の息子を育て上げ、次男が高校を来年卒業するという段になって、病魔に取り憑かれた。

訪れるたび、憔悴して身体をもてあまし気味になっている母親を、次男はなんと思っているのだろうかと真衣は思う。

「息子さんたち、母親の病気についてなにも知らされていないでしょう」

藤島は苛立ちと憐憫の情で声を詰まらせた。

真衣と保美は、声にならない声で頷いた。

「何も治療していないものね。これから化学療法をやるって言っても、あれだけ進行してからでは遅すぎるのじゃないかしら」。藤島は言った。

「あの腹水の状態では、かなり進行している」。保美は答えた。

「この時期、化学療法なんかしたら副作用でそれこそダウンしてしまう」

藤島は心配そうに付け加えた。

「手の施しようがないから、そのままにするつもりかも」

保美も辛そうに答えた。

真衣はこんな会話を側で聞きながら、近い将来の悲劇を考えたくなかった。

翌日、斎藤は消化器の当該病棟に移った。ここは小児科と内科の混合病棟なので、濃厚治療を必要とする患者は当該病棟に移動する規定がある。

真衣は、肩の荷が下りたような感じと何かしら心残りを感じた。

ここの看護師たちも皆同じような気持ちにさせられているだろうと思った。

斎藤はただ黙して、苦痛に耐え、一片の弱音も吐かず、気丈に振る舞っていた。ベッド脇にポータブルトイレを用意したが、歯を食いしばってよろよろしながらトイレまで歩いた。口数が極めて少なかった。目だけキリッとして、自分の問題ですと、他を拒否しているように見えた。

もう少し時間があれば、何か彼女のために支えになってあげられたのではないかと、真衣は悔いが残る。反面、最期を見ないで済むという思いが頭をよぎる。四十二歳のまだ若い母親には真衣とさほど変わらない年頃の息子達がいる。その母親の終焉に立ち会うのは尋常ではいられない気がする。

三日経った。朝出勤すると同期の看護師で事情通の玲奈(れな)が真衣の耳元で囁いた。

「斎藤さん、昨日の夜中、亡くなったんだってよ」

「ええっ、そんなに早く。じゃあ、化学療法やったのね」

真衣は咄嗟に聞き返していた。先輩看護師達がこの前、その事を話していたのを思い出した。

「そうなんだって」

玲奈は渋面を作って、ひどいよねと、表現して見せた。

治療の選択は、看護師の関与するところではない。しかしベテラン看護師の場合、長年の経験がそうした予測を的確に当てる。

真衣はあの息子達はどうだったのだろう、覚悟はできていたのかしらと思わずにはいられない。

「息子さん達も予測してなかったんじゃないかな。何せ、早すぎるもの。可哀想だ」。玲奈は神妙な顔をして言った。

真衣は、やっぱりそうだったんだと、やり場のない感情に声が出ない。

午前中の業務が一段落した頃、ナースステーションでは看護師数名と小児科の科長がカルテを広げて午前の記録を記載していた。

小児科の科長は女性らしい細かい気配りをする女医である。役目柄、棟内における内科の患者の情報にも精通していた。

その科長が、カルテ記載をしていた手をふと止めて、誰にともなく語り始めた。横では保美がカルテ記載をしている。

「私はねえ、ダメなものは仕様がないけど、あまりに早急だったものだから。実は、母親の最期にせめて一週間でも、十日でも息子さん達に付き添いをさせてあげたかったなあと、思うのよ。息子さん達もあれでは悔やんでも、悔やみきれないわね」

科長は、横に座っている保美と目を合わせた。

周囲にいた看護師達は、手を止めて科長の話に聞き入った。

「そうですね。この病棟にいたら、それでもなんとか息子さん達に配慮ができたかもしれないですね。移動して間もないから、向こうの病棟でもあれよあれよと言う間の出来事で、事情を掴んでいなかったでしょうし、配慮もできなかったでしょうね」

保美は、悔しさを抑えるように答えた。

「そうよ。息子さん達も間に合わなかったってよ」

側にいた玲奈が言った。

「ここにいたら、なんとか手を差し伸べられたものね。息子さん達が、母親にやるだけのことはしたんだという満足感を持てるようにはしてあげるべきだったわね。ここならなんとかと思うと、悔しいわね」

科長は保美に言外の同意を求めた。

斎藤の主治医が研修医で、治療に当たるのが精一杯、他の配慮ができなかったことを責めている。

「本当にそう思います」

保美は看護師ながら、治療方針にも疑問があったので、科長の意見に同意した。

本当は、末期のあの状態になって、化学療法なんて死期を早めるに決まっているのに、そうした予測もつかなかったのかと、言いたかったが胸に収めた。

午後になって、噂の研修医、川辺医師が病棟に来た。

彼は長身、色白、整った優しい顔立ちで、育ちの良い雰囲気を漂わせている。今年、国家試験に合格して研修目的で当院に入職した。とりわけ物静かな立ち居振る舞いの好青年である。

川辺医師の頭の中は、昨夜急死した患者、斎藤の事でいっぱいだった。

彼は、担当している患者のカルテに注射や処方薬の指示を書き込みながら、自分の力が足りなかったことを悔やみ続けていた。

化学療法の副作用に、体力が耐えられなかったのだ。副作用はそんなに強いものなのか。たった一回の抗がん剤だったのに、その日のうちに逝ってしまうとは考えもしなかった。指導医は何も示唆しなかった。これは例外中の例外であったかもしれないが、それを予測できなかった自分は、やはり責められるべきだ。

医者であり、先生と呼ばれている自分という偶像をぶち壊してしまいたい。彼は破壊的な衝動に打ちのめされていた。

程なく、保美がナースステーションに戻ってきた。彼女は川辺医師を認め近くに寄った。彼の心境を思うと声をかけるのは抵抗がある。しかしそれでも知りたいことがあった。

「先生、斎藤さん、ダメだったんですね」

頭から降ってきた言葉に、川辺医師は一瞬身構えた。

保美はこの青年医師がいかなる反応を見せるか皆目、見当がつかない。

医学的見解を述べ、不可抗力だと割り切って答えるだろうか。どっちみち助からない命であるが延命のためにやった治療で、急死に至る場合もある。

または、『参ったよ。科長にはお目玉食らった』と自嘲するだろうか。

川辺医師は疑り深い目を保美に向けて押し黙った。

あっ、まずかったな、保美は狼狽した。すぐ側で、検温の記入をしていた年配看護師の藤島が場を取り繕うように言った。

「今、その話をしていたの。先生、だいぶ悩んでいるのよ」

川辺医師は、椅子に座りなおして再び保美を見た。この看護師は僕を非難しているのかと、問うような目をしている。

「やっぱり、抗がん剤に耐えられなかったということですか」

保美は核心を知りたかった。

「うーん、結果的にはそういうことになる。でもまさか、初回でその日のうちに逝ってしまうとは思わなかった」

川辺医師は語尾をうやむやにした。

藤島がその気持ちを酌むようにフォローした。

「先生、そういうことあったわよ。副作用が強いから体力が持たないのよ」

「そうですか」

川辺医師は、救われたように彼女を見た。

過去の事例に同じ事実があったという気休めにすがりたい。しかし、やっぱり自分の経験不足を責めた。

「でも、僕はもう立ち直れないのではないかと……」

消え入りそうな声で呟いた。

保美は、咄嗟にこの研修医は自殺をもしかねないと思えた。医者のこういう苦悩は自らの精神力で勝ち抜いていくより道はない。経験を肥やしにするという自己鍛錬である。

「先生、そんなこと言わないで。可哀想なのは患者さんよ。残された家族はもっと可哀想だし」

保美は研修医を元気付けたかった。しかし言っていることが本題からずれている。知らずに奥深い本音が出ている。しかし苦悩する研修医を支えなければならない。

「生きてるってことは、これからなんでもできるって事だから。これからどんな生き方もできるんだもの」

保美は、何としても自殺なんてことにならないように祈る思いで付け加えた。

「そういうふうに言うと、なんか変だわね」

藤島は、保美の言いたいことの半分は理解できるけど、というように苦笑いした。

川辺医師は混乱した顔で、深くため息をついた。

『貴方の苦悩は、死んだ患者や家族の苦悩に比べたら及ばない』と追い打ちをかけられた気がしていた。

川辺医師は、それから黙り込んで目を宙に浮かせた。

真衣は近くでカルテ整理をしながら、研修医と先輩看護師たちの会話をそれとなく聞いていた。研修医がさらに落ち込んだ様子で出て行ったのも追視した。

「川辺先生、かなりショックを受けていたわね」

真衣は不安そうに保美に声をかけた。

「私の言い方がまずかったかしら。励ますつもりが、ああいう言い方になったのよ」

「川辺先生は優しいから、私ドキドキしながら聞いていた」

真衣は保美が故意に研修医を責めたように感じた。

「ごめんなさい。でも私の遠回しの励ましに気づいてくれるんじゃないかしら」

保美は極めて楽観的に答え、胸に去来するものを抑えた。

あんな苦悩を抱え込んでのたうつ医者でなくて良かったと、気持ちの向きを変えた。

患者の死に直面した時、医者は「力及びませんでした」と頭を下げて使命を終える。だからこそ患者に接する時、最善の治療と配慮が必要で、やるだけのことはやりましたと、確固たる信念で言えるようにならないといけないのだ。

医者の試練は看護師には想像もできないほど、過酷であろう。他に比類ない高給は、その責任の重さ故の待遇であろうと、保美は納得できる気がする。五、六年を経た中堅医師が、ノイローゼ気味になって全国各地を放蕩三昧だとかの噂を聞くことがある。彼らは頭が良くて繊細であるがゆえに、使命の重圧に耐えられなくなるのかもしれない。保美はそんな彼らに人間味を感じるし、愛しくもなる。

真衣は、複雑な自分の心を整理していた。保美先輩は決して傲慢な人ではないが、デリカシーに欠けるところがある。率直なのはいいけれども、ああいう言い方では、逆に相手を奈落に突き落としてしまいかねない。でもなんか謎めいたところのある先輩だ。

川辺先生は誠実で思いやりがあって、研修医の中でも好感度が高い。長身でイケメンだから憧れの医師でもある。先生には心を癒やしてくれるいい人がいるのだろうか。研修医の中には、入職時すでに学生結婚しているカップルもいる。研修中に職場結婚するケースも比較的多い。看護師との結婚が多いのもこの病院の特色である。川辺先生の身辺には彼女がいるような噂はない。真衣はできるなら彼の支えになりたいものだと思った。

入院患者の看護手続きは、外来看護師が患者を引率して予約ベッドに案内した後、ナースステーションで病棟の担当看護師に患者背景を説明することから始まる。

大沢美奈子を引率してきた外来看護師は、カルテとX線袋をナースステーションの机に置くと、「部屋に案内しておきましたからよろしくお願いします」と、言って踵を返した。大沢は同系列の病院から紹介された患者である。外来看護師は案内するだけの役目だった。

ステーション内は先ほどから、小児科の入院が三人、立て続けにあった。机の上はカルテやX線袋が散らばっている。医者と看護師の掛け合う声や、小走りに処置室へ行ったり来たりする人たちで騒然としていた。

内科と小児科の混合病棟なので、看護師は二つのチームに分かれてそれぞれの業務をこなしている。

小児科チームは、ステーション内の一角にある処置室で、さっき入院してきた十カ月の喘息児に持続点滴を入れようとしている。ベッドに寝かせた患児の身体を固定させるため一人の看護師が乳児の身体に乗っかり、患児の左手首も固定する。

もう一人の看護師は、セットした点滴をスタンドにぶら下げ、患児の左手の甲で針の刺入部位を探している。カーテン一枚で仕切られた処置室なので、乳児の泣き叫ぶ声がステーション内に響き渡る。

大沢を引率してきた外来看護師は、現場の緊迫感を感じて、忙しそうで大変ねと、いう合図を目顔で保美に送った。

「あっ、ちょっと待って」

大沢の担当になる内科チームの保美は素早く、少し荒っぽい口調で言った。

よろしくお願いしますだけでは役立たずでないの、しかるべき申し送りをするべきであるという意思を顕わにしている。

「それでは、何も分からないじゃないの」保美は付け加えた。

外来看護師はたじろいだ。

「あのう、外来で診ていた患者ではないので、私もよく分からないの。ここに紹介状があるけど、精査が目的のようです」

外来看護師はカルテに挟まっている紹介状を取り出して、保美に紹介文を示すようにしながら読み始めた。

三カ月くらい前から変な咳が出始めたこと、同系列の病院に入院して検査と治療を続けたが症状が改善しなかったこと、さらに詳しい検査が必要と判断されて当院に紹介されたことなどが書いてある。肺結核か、肺腫瘍の疑いである。三十四歳、主婦。

外来看護師は、説明を終えると深く腰を折って、再び「よろしくお願いします」と、言って帰っていった。

保美は入院時のバイタルとアナムネ（現病歴聴取）を取るため、大沢の部屋に向かった。

そこは三人部屋で北側の端に位置している。

大沢は一番奥の窓際のベッドに居た。まだ私服姿のまま、落ち着かない様子で荷物を整理している。緩慢な素振りで床頭台の下の扉に何かを仕舞い込んだ時、保美が声をかけた。

「大沢さん」

大沢は、振り返って保美を認めニコッと笑った。

小柄で目が大きく、整った顔立ちの美人である。白いセーターと紺色のチェックのスカート姿が、とても病人には見えない。大きくて知的な目元が、何か人を包み込むような優しさを放っている。

保美は自己紹介をして、入院時の容態聴取に来た旨を告げ、ベッドに横になるよう促した。大沢は、人懐っこい表情で静かにベッドに横たわった。

ベッドから離れた丸椅子に男性が座っていた。年恰好から、夫であろうと思える。窓枠に上体を寄せるようにリラックスした姿勢で座っていたが、ひょっと目線が合った時、暗くて陰鬱な表情をしているのを保美は見逃さなかった。今にも萎れてしまいそうな不安げな顔を無表情に保っている。保美は軽く会釈をした。

男性は表情を崩さないで、ただ妻の血圧測定を一心に見つめていた。妻の明るく爽やかな振る舞いとは対照的で、奇妙なアンバランスを醸している。

夫は長身で痩身、眉が濃くてキリッとしているが、目元に優しさが漂っている。ハンサムボーイである。この時、保美はその美形の印象は全くなく、暗くて陰気で無愛想な人とだけ認識した。

夫は、こみ上げてくる妻の病気の不安に耐えていた。いかなる真実が暴き出されるのか、戦々恐々としていたのだろう。

保美は夫の心境に思いを馳せながら、予想外に明るく、人懐っこく、大きな瞳を愛くるしいくらい見開いて喋る妻に、爽やかな印象を持った。と同時に、こんな美しい女性に降りかかる苦難は、ひょっとして不治の病ではないかしらと嫌な予感がした。容態聴取の間、大沢は乾性の軽い咳を頻発していた。

翌日、大沢は個室に移った。

胸腔内に胸水が多量に溜まっていたので、これから検査と治療が行われる。三人部屋では狭くて不便である。この病院は、病状や治療に応じて部屋を使い分けるので、差額ベッド料は取らない。患者さん本位の良心的な病院である。こういう理念に動機付けられて入職する研修医も多い。

午後一時、気管支鏡検査の前処置をした大沢はレントゲンの透視室に、車椅子で搬入された。検査では病巣部の組織を採取し、検体の一部は迅速扱いの病理検査に回された。

午後四時、検査が終わったという連絡を受けて、保美は大沢をレントゲン室に迎えに行った。彼女は疲労困憊していた。

半刻も経たずに、先ほど大沢の気管支鏡検査をしていた呼吸器科の陣内科長がナースステーションに来た。

「胸水から、ＴＢ菌が出た。結核性のものだったらしい」

病理の迅速検査の結果が出たのだ。陣内科長は爽やかな口調で周りに聞こえるように言って、空いている椅子に座った。看護師達は科長に集中した。皆が、安堵のどよめきを漏らした。

「ええっ、先生、そんなに早く出るんですか。でも良かった」

保美は陣内に喜びを伝えた。

結核菌の排菌はないということであったが、ここは小児科混合病棟である。念の為、大沢の個室は準隔離病室とすることになり、病室の前に薬液入りのベースン（洗面器）を置いて、入退室時、手洗いをすることになった。

新生児や乳児が入院しているので、小児科の科長も最低限の感染予防策はしたいという意見であった。陣内科長は、看護師間の一致した見解を認めると、大沢の個室に向かった。

ＴＢ菌による胸水であること、悪性腫瘍でなかったことの嬉しさを早く本人に伝えてあげたい気持ちでいっぱいだった。こんな時、患者の安堵する顔を見るのは、医師として至福の喜びである。患者がもやもやした不安を一掃して蘇ったように目を輝かせると、何か神様に昇格したような面映ゆい気分になる。決まって「有難うございました」とお礼を言われるので、魔除けの守り神のような錯覚にも陥る。

科長は、大沢の部屋に入ると開口一番「検査の結果、胸水から結核菌が検出されました」と告げた。

大沢はまだ検査の疲れが残っている弱々しい目を科長に向けた。

一時間以上に及ぶ検査の後で、その時の苦痛と疲労は、体力が落ちている大沢には過酷であった。咽頭部にはまだ太いカテーテルの圧迫感が残っている。ベッドに横たわったまま、不安げな大きな目を見開いて首を少し傾けた。

「胸にたまっている胸水は、結核性によるもので悪性のものではないのです」

科長はさらに解りやすく説明した。

大沢の目が輝いた。眉間に少し皺を寄せて、大きな目を細めた。言葉は出ない。

「良かったですよ。結核の治療をすれば時間はかかるけど完全に治ります。悪性のものでなくて本当に良かった」

科長は饒舌になっていた。我が事のように喜びを言葉と顔で表現した。そして良かった、良かったと何度も繰り返した。人が良くて純粋な先生である。

大沢は科長があまりに狂喜しているので、ただ肯いていた。突然もたらされた朗報に実感がついていかない。

科長は相手の戸惑いを察することなく、結核予防法の話をして、部屋を準隔離室にすること、トイレに行くときはマスクをすることなどを次々に説明した。

ベッドの周りを白熊みたいに歩きながら、再び「良かったです」とニコニコした。

大沢にもやっと満面の笑みがこぼれた。

「有難うございます」。慎ましやかな言葉が漏れた。


病室を出た科長は晴れ晴れした気分であった。腹のなかでニンマリした。

『それにしてもあまり感情を表さない女性だ。おばさん患者のようにあれこれと質問してくるわけでもない。疑い深そうにこちらの胸の内を探る様子でもない。さりとて、悪性を否定されたと言って単純に喜んでいるふうでもない。とかく美人は胸の内が難解なものである』

科長はそんなことを思いながら、エレベーター横の階段を飛ぶように降りていった。

一人病室に残された大沢は、今しがた神が運んでくれた朗報の重さを噛み締めていた。

『時間はかかるけど完治する。頑張って早く良くなって、夫と子供達の待つ我が家に帰ろう。子供達にはずっと寂しい思いをさせてきた。この償いは充分にしてやろう。春休みまでには帰れるかしら。子供達と思いっきり遊んでやりたい』

頭の中に様々な希望が往来した。

『良かったあ』大沢は改めて胸をなでおろした。

ナースステーションでは、陣内科長と入れ違いに、大沢の主治医になった研修医の西野医師が来た。彼女は去年国試に合格して研修目的で当院に入職した女医である。小太りで色白なので可愛い子豚を連想させる。腰回りにこんもりと肉付いて、歩くとプリプリしている。

入職当初は、愛想がよくて如才ないので看護師の評判も良かったが、近頃は変に威張ってギスギスしてきたと噂されている。

保美は西野医師に、大沢の部屋を準隔離病室にしたことを伝えた。

「何で隔離しなきゃならないのよ。感染の危険性は全くないわよ。誰がそうしろって言ったのよ」

西野医師が突然切れた。

「小児科の科長と呼吸器科の科長の話し合いの上です」

保美はムッとして答えた。

「何でよ。隔離なんて必要ないわよ。小児科の科長と話し合わなくっちゃ。どこにいるのよ」

西野医師は、ヒステリックに叫んだ。保美は息巻いている西野医師にうんざりした。研修医の身で、この病棟を預かっている小児科科長に直談判するといっている。西野医師の最近の噂が真実であることを再認識した。

研修医が力をつけてくると、自我が少しずつ剝き出しになる。看護師に威厳を示したいのだ。先輩医師に刃向かうつもりはないが、これまで一歩引いてきた看護師への鬱憤を発散したいのだ。看護師とは上下の関係なのよ、とでも言いたそうである。保美は西野医師の高飛車な態度に辟易した。

『勝手にすればいいさ』

周りにいる看護師達は一様にそうした目付きで知らんぷりしていた。

独り相撲から我に返った西野医師は、突如保美に弱々しい声音を使ってきた。

「小児科の科長ってどんな人なの。私、話したことないんだなあ。怖い科長なのかなあ」

「怖い先生ですよ。乳児や小児は感染しやすいから、怠りの無い予防をしておくと言ってました」

保美は嫌味っぽく言った。

「そーお。じゃあ、話しても無駄だな。でも隔離するなんて非常識だよ。本当に、全く必要ないんだから」

西野医師はまた語気を荒らげた。

「是非、そのように科長に進言してみて下さい」

保美は、後押しをするように皮肉を込めて言った。

西野医師は、もごもご独り言を言っていたが、勝負にならないことを悟って振り上げた拳を下ろした。

カルテ記載をすませると、何事もなかったように出っ張った尻をプリプリと振って出ていった。西野医師は、感情を露わにするので看護師に敬遠されている。しかし案外心根は優しいかもしれないと保美は思う。


翌日、保美は準夜勤であった。夕方四時から、深夜0時まで働く。相棒は年配看護師の藤島である。本日、小児科チームは保美が担当して、内科チームを藤島が受け持つ。

保美は日勤から小児科患者の申し送りを受け、準夜の十時にする時間注射の準備をしていた。遅れて処置室にきた藤島が、大沢のことについて愚痴った。

「肺癌って今更ねえ」

「あれ、肺結核じゃないの」

藤島は、「シー」と人差し指を口元に持っていって、保美の言葉を制した。そして、声を落として言った。

「違うのよ。全く。どうするつもりなんだろうね。昨日は肺結核だって本人にムンテラ(病状説明)したのでしょ。本人もどんなに喜んでいることか。内緒だからね、これは」

保美は「ええっ、本当」。小声を返した。

二人はナースステーションの隅で驚きの声を殺し合い、目と目で言いたい事の全てを確認した。

「さあ、仕事、仕事。配膳車が来たようよ」

藤島は、疑念を払うようにいそいそと廊下に出ていった。保美も後に続いた。

配膳車を押しながら、保美は考えていた。今夜、大沢の担当は藤島である。

彼女は経験三十年のベテランだ。こんな手違いや、ミス、トラブルには慣れているだろう。患者に微塵も不信感を抱かせない対応もできるだろう。

大沢は右肺がレントゲン写真で、真っ白である。胸水が充満している。肺癌だとすると、末期症状であろう。こういうケースでは、患者に癌告知をするはずがない。家族、それも最も信頼できるであろう夫にだけ真実を告げて、患者に余計な不安や恐怖を与えないように持っていくのではないだろうか。

保美は昨日、陣内科長が大沢の部屋で「肺結核でした。癌でなくてよかったです」と話していた時、検温のため、つかの間大沢の病室に出入りした。

その時の、大沢のはにかんだような苦笑いを思い浮かべた。決して満面笑みが溢れるような態度ではなかったが、彼女の心にずしりとした喜びの重さを授けたであろう一幕であった。大沢の内面を考えると、形容し難い怒りがこみ上げてくる。

藤島と二人、配膳車で廊下を一回りして、各病室に夕食の膳を配り終えた。大沢の病室に配膳した藤島は、難しい顔をしていた。ベテラン看護師も平静ではいられないのだと、保美は少しホッとした。しかしこみ上げてくる思いを止められなかった。

『どうして。病理の結果を待てなかったの』『あんなに喜ばせて、地獄に突き落とそうというの』『ひどい、可哀想』

保美は、何かを、いや誰かを非難せずにはいられない。

しかしよく考えてみれば、仮に肺癌であっても、患者には重症の肺結核でしたとムンテラするのだ。科長の昨日の行為は、様々な事態を想定しながら、あえてあの手段を選んだのであろうか。悪性疾患が確定してから「肺結核でした」と白々しい嘘を言う前に、先手を打ったのかもしれない。人情深い陣内科長の顔がふっと浮かんできた。

『それにしても、ＴＢ菌とがん細胞は共存できるのかしら。確か、結核患者は癌にかからないと聞いたことがある。だからＴＢ菌を使って抗がん剤を産生する研究が進められているという記事をどこかで読んだ。何故か、結核患者は癌の発生が少ないという事実に目をつけた学者の発想である。

大沢の場合は結核菌に侵された肺にがん細胞が発見されたというのだ。何かの間違いだろうか。いや、ＴＢ菌とがん細胞が戦っているのかもしれない。結果、ＴＢ菌が威力を発揮して、がん細胞が弱体化している可能性もある』

保美は根拠のない妄想に突入していた。

夜の容態聴取の準備をしながら、そばにいる藤島にどうしても確かめたかった。

「そうね、結核患者は癌に罹らないと言うわね」

藤島は保美の話に同意した。

「そうよね。これは何かの間違いよね」

「でも、病理の結果が間違っているわけないでしょ。報告が間違っていたという話は聞いたことがない」

藤島は厳然と言った。

医療従事者は客観的事実とデータに忠実でなければならない。憶測や仮定で動いているのではない。藤島にはそのような冷徹さが見えた。

保美は先輩の毅然とした態度に気後れして、それ以上は突っ込めなかった。

午後八時三十分過ぎ、夜の容態聴取を終えた保美は、ナースステーションでカルテの整理をしていた。藤島はまだ病室を巡回している。

窓際の机に電話がある。窓は廊下に面している。突如、電話が鳴った。

この時間の電話はドキッとする。緊急性のある場合が多い。保美は緊張して受話器を取った。

「はい。東五病棟です」

「こちら南三病棟の石和です。そちらの大沢美奈子さん、明日午前十時、南三病棟の三〇五号室に転棟することになりましたのでよろしくお願いします」

南三病棟の師長からだった。重症患者を当該病棟で管理したいという主治医の判断であろう。大沢は治療計画にもとづいて、当該病棟で癌治療をするのだろう。その前に、大きな壁も立ちはだかっている。どのように患者、家族に対応していくのだろうか、保美はあれこれ思い巡らせた。

「遅くなってしまったわ」

藤島が消灯時間ギリギリにナースステーションに戻ってきた。

「藤島さん、さっき南三病棟の師長から電話があって、大沢さん、明日十時、転棟予定だそうです」

「明日なの。早急だわね。大沢さんのところで時間がかかったのよ。夕方、西野先生が来たらしくて、近いうちに転棟すると言ったそうだけど。手際がいいわね。確定診断についてはは何も伝えてないらしい。それでね、旦那さんが勤め帰りに寄って、ちょうど帰るところだったけど、二人ですごく喜んでいたのよ」

藤島はため息をついた。

「あら、それは大変だったわね」

「旦那さんはニコニコして帰って行ったけど。大沢さんはこれまでの不安な思いや子供達に寂しい思いをさせた辛さなど、色々と話されて、私も辛かった」

藤島は考え込んだ。この先どのように事態が収拾するのだろうかという見えない不安に取り憑かれている。

「どうなるのかしら。向こうの病棟でもみんな困るでしょうね」

保美にも先の成り行きは全く読めない。

「こういう状況だというのは、向こうの看護師、みんな周知しているでしょうし」

藤島は、すっかり安堵していた大沢の表情を思い出して、理不尽な成り行きを恨んだ。


大沢が転棟してから五日が経っていた。

「南三病棟で、大沢さんどうしているのかしら」

昼休み、保美は、ここで一番の情報通である玲奈に聞いた。

病棟が変わると患者の情報は、特別聞かない限り全く入らなくなる。

「退院したってよ」

玲奈は、やっぱり情報を把握していた。

「えっ、本当。どういうこと。癌だってこと、本人には告知しなかったのかしら」

「いや、本人にも、家族にもきちんと告知したらしい」

「じゃ、治療は他の病院でするということ」

「その辺はどうだかよく分からない」

玲奈は、治療のための転院でもなさそうだと言った。

「診断が違っていたことについて問題は起こらなかったのかしら」

「それは、あったらしい。旦那さんがかなり怒っていたとか。でも結局、さっさと退院したみたいで、看護師達も何が何だか分からなかったようです」

玲奈の説明は、何やら不穏な事態が繰り広げられたような、また粛々と経過したような、よく分からない状況である。

鼻息が荒かった主治医の西野は、厳しい状況下でどのように対応したのであろうかと、保美は信頼したい気持ちだった。陣内科長については、尚更である。

これで大沢の経過は余程のことがない限り、この病棟の看護師には届かない。保美は、少女のように可憐にはにかんでいた大沢の顔を思い出して胸が詰まった。

「大沢さん、お気の毒だったたですよね。その心中を思うとなんとも。ところでこの前の日曜日にねえ、真衣が付き合ってくれというから、川辺先生の宿舎に二人で行ったのよ」

玲奈は、話題を変えた。

「あら、真衣ちゃん、そんなお付き合いをしていたのね」

「いや、真衣は初めてだから一人では行けないと言って。たくさん手料理を作って手作りケーキも持って行ったの。お昼頃。私はお供だけど。ところが、なんと先客が大勢いたのよ。南三病棟の看護師三人と検査技師さんもいた」

「先生、モテるのね。イケメンだし、優しいから。それでどうしたの」

「真衣は帰ると言ったけど、先客達が、どうぞどうぞ、みんなでパーティーしようと言って、無理やり部屋に入れられ、その後はドンチャン騒ぎになった。南三の看護師達も、たくさん手料理を持ち込んでた。川辺先生を励ます会だとかで押し掛けたんだって」

川辺は、抗がん剤で瞬く間に命を落とした患者のことでずーっと落ち込んでいたので、病棟の若手看護師たちが励ます会を計画したらしい。

「川辺先生は、どうだった」

「結構のりのいい先生で、ギターを抱えてフォークソングを歌ったり、お茶やコーヒーを振る舞ってくれたりして、そのうちお酒とウイスキーが出てきた。みんな楽しんでたよ」

「先客の中に、先生の本命がいるのかしら」

「違うみたいね。どうやら、他に決まった人がいる様子だった。真衣も薄々感じたようで、ショック受けていた」

「そうか、真衣ちゃん、可哀想だね」

「うーん。まぁ、どうだか。西五の美子はお弁当作戦で鈴木先生を仕留めたって噂だし。真衣も川辺先生にとことん尽くしてみるといいかもね」

「玲奈ちゃんは、なんでもよく知ってるわね」

「なんだ美子のこと、かなりの噂だったんですよ」

保美は、自分の知らない若者の世界に恋の火花が飛び散っているのだと知った。看護師側からのアタックもさることながら、研修医から、意中の看護師に猛然とアタックするケースもある。

ある太めの研修医が、あれよあれよという間にスリムで格好いい美男に変身したので、みんなが訝しがっていたら、太っている男は嫌いだ、と意中の看護師に言われてダイエットに邁進したとか。その結果、目出度くゴールインした。

ある中年医師は、研修医時代、まだ学生だった看護師（今の妻）に毎晩、長距離電話をして想いを届けていたというエピソードが語り継がれている。研修医達の純情も執念もかなりのものである。

昨日は準夜勤の終わり頃、女癖が悪いと評判の研修医が、玲奈を誘いにきた。玲奈は、上手いこと言って誘いを断っていたが、案外いい関係なのかもしれない。男女の関係は、人知れず、いろいろなところで進行している。保美はちやほやされていた入職当初を振り返って、自分も有頂天だった頃があったなあと思う。しかし、薹が立ってくると、後腐れのない遊び相手として声をかけられたりするので頭にくる。

研修医は三年を過ぎると、そろそろ何科の医師になるか決める。各科を回っている間に、自分の適性と希望を程良くこね合わせて目的地に足を着く。

ところが、何処の科からも受け入れられない研修医がたまにいる。そういう場合は先輩医師から嫌われたり、無能扱いされたりしている気配がある。

今、小児科に二度目の研修にきている大内田医師もその一人である。大内田は、進むべき道がまだ決まっていない。どの科で研修しても、自分が落ち着ける場所がなかった。最後の頼みに、小児科、二度目を希望してやってきたけれども何故か、ここも先輩医師からの風当たりが強い。

保美は、大内田が先輩の指導医から辛辣な指導を受けている場面に遭遇した。治療の処方が独断的であるらしい。指導医は、教えに従わない大内田に、業を煮やしていた。一方の大内田は、自己流の処方に固執して、マイペースを崩さない。指導医と研修医の間で、火花が散っている。

「大内田先生は、小児科医になるんですか」

保美は、回診中の小児循環器科の女医に聞いた。

「ならないんじゃない。ここは無理よ」

「じゃ、何科を専攻するんですか」

「どこも、引き受け先、ないんじゃないかしら」

「そういうこともあるんですか」

保美は研修医の厳しさに驚いてさらに聞いた。

「じゃ、この病院には残れないということですか」

「そういうことになるわね。どの科もシャットアウトらしいから」

女医は多くを語らないものの、大内田の能力の欠如を暗に示唆していた。

しかし、大内田はめげているふうはない。医者が仕事を干されたという話は聞かないから、悠然として見えた。

「僕には、僕なりのやり方がある」

休憩時間、看護師とお茶をしながらボソッと心中を漏らしたりする。

医師免許はどのような状況であっても、法に触れない限り伝家の宝刀である。それだけの努力を積み重ねて授かった資格でもある。

半年ほど前、開業した美人女医はこう言っていた。

「足の骨一つとっても、学生時代はよくあれだけ全部を覚えたものだと思う。今ではとてもそんなことは出来ない。来る日も来る日も、暗記、暗記の連続だった」

保美は、こんな話を聞いて、医学部の学生の苦難は、到底真似ができないと思い知った。

大内田について、看護師は同情派と非難派と無関心派に分かれる。保美は、同情派である。この病院に残りたくても行き場所がないなんて、可哀想だと思う。社会は非情ということか。医局の権力による横暴か、実情はわからない。

準夜勤。本日、保美は小児科担当である。

消灯時間が過ぎて、患者たちは寝静まっている。午後十時過ぎ、定時の抗生剤注入の時間だ。保美は抗生剤を詰めた注射器の入ったトレイを持って病室を回った。

五〇一号室は三人部屋であるが、六カ月の赤ちゃんだけしか入院していない。母親は同じベッドで添い寝している。患児は肺炎治療のため持続点滴をされていた。

夕刻に回った時はぐずぐずして不機嫌だったがやっと寝入ったようだ。母親は、横になっていたが目は覚めていた。入室の気配で目覚めたのかもしれない。

保美は点滴ラインの定量筒に二種類の抗生剤を注入して、痰を切るために使っているビソルボン液を側管から入れようとした。ところが、注射器の内筒が進まない。薬液が入っていかない。

「あれ、詰まったかな」

独り言を言いながら、内筒を引いたり、押したりした。が反応しない。ゴム管を軽くパンピングすると、寝入ったばかりの患児が少し愚図った。

薬が注入できないのは、針先に問題がある。針先が凝血しているか、血管壁に密着しているかが考えられる。保美は思案していた。

「さっきまでは落ちていましたよ。そうやってなんだかんだする前は落ちていたのに」

母親の陰険な言葉が返ってきた。

天井灯は消され、枕灯だけなので薄暗くて、母親の表情は読み取れない。しかし保美は敵意を感じた。

「でも、薬が入らないから詰まっているようです」

声のトーンを落として答えながら、手首を固定しているシーネを軽く曲げた。針先が血管壁に当たっている場合、そうすることで改善される。

「そんなことをして、子供が痛いだろうに」

さらに母親の非難する声がした。患児が目覚めた。母親は我が子にいたわるそぶりをみせた。我が子を守ろうとする防衛反応である。過度な反応になることもある。

保美は、まずい状況に陥りそうな気配を感じた。しかし点滴のトラブルを放置するわけにもいかず、言葉少なに対応しながら、再度薬液の注入を試みた。

「もう、入れなくていいです。さっきまでは落ちていたのに」

「でも、詰まっているようだから」

「放っておいてください。薬など入れなくていいから」

母親はヒステリックになった。拒絶のみが存在している。あなたに何もしてもらいたくないと言っている。

保美は呆然として、どうしようか迷った。

次の瞬間、きっぱりとした言葉が出た。

「お母さんがそう言うなら、私は何もしません」

こういう場合、経験豊かな看護師なら、パニックにある母親の心情を思いやりながら注射の必要性を説き、マイペースで注射のトラブルを改善させるであろう。また他の方法としては、黙って退室して、同僚の援助を求めるであろう。

しかし保美はそうできなかった。処置を拒否したい気持ちが優先した。

注射トレイを急ぎざまに持って病室を出た。

ナースステーションに戻ると、相棒でベテラン看護師の藤島がカルテの記載をしている。

保美は泣き出したい気分だった。藤島なら自分のどうにもならない気持ちをわかってもらえると思った。事の次第をすべて話して、どうしたら良いか聞いた。

「このまま様子を観ていいんじゃない。薬入れないでと言うんだから。点滴が詰まっていても命に別条はないし。夜中だから朝までそのままでいいと思う」

「私も我慢の限界だったのね。捨て台詞みたいなこと言ったりしたから問題になりそうだわ」

「まあ、仕方ないわよ。いつも白衣の天使ではいられない」

藤島は保美を傷つけないように気遣った。

三十分過ぎて、保美は定時注入が終わるので各部屋の巡回に出かけた。廊下を回っていると、ナースステーションに先ほどの母親らしき人がいるのが見えた。『謝ってきたのかしら』保美は半分甘い気持ちを抱いた。

藤島が保美を見つけて近寄ってきた。

「ほら、あのお母さんが来ているわよ。私は担当でないから分からないと言うと、今は看護師は二人だけかと聞いてきた」

藤島は耳元に小声で継ぎ足した。

「すごい勢いで怒鳴り込んできたわ。でも私がお母さんの言い分を聞き入れたら、あの人はもっと勢いづくと思ったから、分からないと言っておいたわよ」

藤島はそう言うと内科の病室に向かった。患者の家族への労りと複雑な状況を考えた上での判断だった。

保美はベテラン看護師に感謝した。藤島はいつも保美のことを尊重してくれる心優しい先輩である。

保美はナースステーションから出てきた母親に声をかけた。

「どうしましたか」

「あのまま放っておくつもりですか。知らんぷりしてあのまま放っておくんじゃ酷いではないですか」

「あら、三十分たったら他の人もみんな見回りに行きますよ」

「それにしても酷いですよ。点滴している手をグニャグニャ動かして、あんたみたいな酷い看護師は見たことがない」

母親は喋りながら興奮してきた。

「部屋にはドタバタ入ってきて、子供の手をグニャグニャして。私は子供を四人この病院に入院させたけどあんたみたいな酷い看護師は初めてだ」

母親の悪口雑言はさらにエスカレートした。

「部屋に他の患者がいないと思って、好き放題言ってあんたみたいな看護師、いないわよ」

保美は見当違いなことをまくし立てられて返答できなくなった。

これは要するにヒステリー症状であろうか。何かから逸脱している。初めから異常に見えた。生後間もない赤ん坊が肺炎にかかって母親の心労が極限状態に達していたのだ。

「私、退院させます。看護師さんとこんなになったのではいられません。退院させます」

おや、言いたい放題言ったので少し落ち着いたのかしら、保美は楽観した。

「別に、看護師とトラブルを起こしたからといって退院することはないですよ」

「いや、退院させます。明日退院させます」

母親のテンションは下がっていなかった。

「分かりました。そう申し送っておきます。ただ私はあなたの気持ちもわかるつもりです。愚図っていた赤ちゃんがやっと眠りについたところに、点滴のトラブルで混乱したのだと思います」

保美はできる限り母親の心情に近付こうとした。自分の動作が彼女を刺激したことは間違いない。業務としてやっていることも、素人の目には暴力行為に見えることもあると自覚せねばならない。

興奮している母親は退院させますの一点張りで、自室に帰って行った。

保美はまだ部屋回りが残っていた。沈んだ心持ちで業務を終え、ナースステーションに戻った。

あの赤ちゃんの主治医は研修医の大内田だ。入退院の決定権は主治医にある。

夜も遅いので、深夜に申し送りして、明朝主治医に連絡してもらう方法もある。しかし保美は主治医の大内田に報告することにした。大内田は話しやすいし、鬱々した気持ちに区切りをつけたかった。

大内田は保美の話を聞いてこともなげに言った。

「ああ、あの赤ちゃん、点滴止めようと思っていたんだ。内服薬でもいい状態だから退院してもいいよ。明日、退院処方出すから」

「そうなんですか。分かりました。そう申し送っておきます」

保美は肩の荷が下りた気がした。

しかしあの赤ちゃんは昨日点滴治療が始まったばかりである。本当に退院してもいいのだろうか。初期治療が功を奏することもあるが、大内田は保美の心中を慮ってあのように答えたのではないだろうか。

保美は大内田が医者の裁量権を使って自分の窮地を救ってくれたのではないかと複雑な気持ちになった。

大内田は上司に媚びず、世渡りが下手かもしれない。しかし純粋で人の心に密着してくれる優しさがあるように見える。長身で茫洋とした外見もあの人に似ていると、保美は思い出さずにはいられないことがあった。

十年前、保美は研修医の淳一と付き合っていた。大内田になんとなく似た優しい目をした坊ちゃんタイプの医者だった。

そもそもの馴れ初めは、青年部主催のスキーツアーである。保美も淳一も入職二年目だった。一日目の夜、偶然、宴会場で隣り合わせに座った。保美は同僚の看護師と一緒で、彼も同期の研修医と来ていた。四人はなんとなく意気投合して、翌日、一緒にゲレンデに出ることになった。

待ち合わせて四人は同じリフトで同じコースを何回も滑って楽しんだ。

保美も同僚と二人だけのスキーより、四人で盛り上がったスキーは予想を超えて楽しかった。

その頃、保美は循環器病棟に勤務していた。二年目だからそれなりに自信をつけていた。そこにローテーションで研修中の淳一が回ってきた。

控えめで静かな淳一はみんなに、特に年配看護師に坊ちゃん扱いされた。中堅でバリバリの看護師からは、小馬鹿にされるようなこともあった。しかし持ち前の育ちの良さが何事も穏便に済ましているように見えた。

保美はスキーツアーで一緒だったもののそれっきりだったので、とりわけ淳一に関心を向けていなかった。

ある日、彼が病棟にあるエレベーター側から保美を手招きした。何事かと思って近づくと、頭を掻きながらバツが悪そうに聞いてきた。

「ああいう場合、他の先生はどんな処方を出しているの」

先ほど中堅看護師が淳一に処方の出し方について文句を言っていた件である。保美は彼が循環器の治療に不慣れで、ベテラン看護師に揶揄されるのを恐れていると思った。若い保美には気軽に聞くことができたようである。

保美は丁寧にベテラン医師の処方の出し方を教えた。今はもうその時の詳細は忘れた。そんなことがあって、淳一とは親しくなった。遠方の医学会に行った時など、小まめにお土産を買って来てくれた。

そのうち、デートに誘われ、映画を見たり、コンサートに行ったりした。二人は会うたび引き寄せられドンドン親密さを増した。

そんな逢瀬を重ねながら、淳一が仕事に非常に疲れていることが、保美にはよく分かった。夜間の救急外来に入るとほぼ二十八時間、病院に缶詰めのような勤務になる。土日もあってないようだった。土日には救急外来の当番や病棟当番があり、当番がない日でも自分の受け持ち患者が急変したら、呼び出された。

デート中の呼び出しは頻繁だった。淳一はいつも真面目で誠実だった。

年末を迎えて、お互いは仕事に追い立てられるような毎日を過ごしていた。勤務帯のすれ違いから電話さえままならなかったある日、それはめっきり寒くなった十二月の初旬のことであった。

出勤してこないし、連絡もない淳一の宿舎に総務課長が訪ねた時、彼はすでに帰らぬ人になっていた。死因は致死性不整脈。過労死という言葉が取りざたされる社会情勢でも職場環境でもなく、職員の間にもその認識すらなかった時代であったと保美は思う。

淳一が亡くなって、一カ月後、保美は身体の異変に気付いた。

突然、彼を失った災難に打ちのめされ、毎日泣いて暮らしていた時である。頭の中に淳一の面影ばかりが去来した。優しい目付き、温かくて甘くて切ない身体の温もり、保美ちゃんと呼びかける時のいたずらっぽい仕草。保美は、自分は残されこれから生きていけるだろうかと考え続けていた。

その時、淳一の忘れ形見を身ごもっていることを知った。保美は彼が生き返ったと思った。内から湧いてくる力のようなものを感じた。胸に開いていた大きな穴をオブラートがやんわりと覆うような感じがした。

この子を産もう。保美は心に誓った。誰にも反対されないように、堕胎が禁止となる二十二週に入るまでは自分の心に秘めておこうと考えた。

生まれてきた子の認知はしてもらえない。二人の関係を知っているのは二人だけ。保美はそれでもいいと思った。そう決断すると生きる意欲が湧いてきた。はるか遠く空の上から眺めているようなぼんやりした現実が、少しずつ晴れてくるのが分かった。

二十二週が過ぎた時、母子手帳を母に見せた。父には言えないので母から伝えてもらった。父は保美の決断を尊重してくれた。生まれてくる子の将来について母とよく話し合った。

生まれた息子は両親の元で育てることになった。看護宿舎に住まっている保美は勤務のない日に実家に帰る。実家は車で一時間の距離だから通勤できないことはなかったが、両親の意向が大きかった。

年若い両親は孫を育てる余裕があること、保美が一人で働きながら幼子を育てるのは無理があること、孫をゆったりした環境でのびのび育てたいことなどが話し合われた。保美はこうした環境で母親としての愛情をたっぷり注いであげられる方法を模索した。

息子は、いま小学二年生。保美は息子に在りし日の淳一を重ねて、何があっても生きるんだよ。命あればこその人生だからと心中叫び続けている。

この前、消え入りそうだった川辺医師を、生きていればこそと、余計なツッコミをして顰蹙を買ったのにはこうした意識が潜在していたからと思う。

今日も準夜勤がおわったら、息子が待つ実家に直行するつもりである。しかし患者とトラブルになって気が滅入る。息子に会える楽しみも一転、気が重いものになってしまった。

保美は自らを戒めるように瞑想した。淳一が優しい目で頷いてくれた。

保美は三カ月前から、救急外来で働いている。

入職して、循環器、整形外科、小児科を経て、今度、救急外来勤務になった。希望したのではない。将棋の駒のように適材適所に人を配置するのは管理部である。保美はいつも命令に従った。勤務異動を嫌がる看護師は多い。慣れた環境で自己保身していたい看護師が多い中、保美はむしろ一定期間が過ぎたら、新しい環境で新しい知識を求めて刺激を受けたいという気持ちが強い。

救急外来は、病棟と違って一発勝負的な迅速さと正確さと状況判断が要求される。初めは、全てに勝手が違ったので戸惑ったし、気後れするばかりだった。

医者と二人三脚的なところも、病棟とは雲泥の差がある。

救急外来は、二十四時間対応で、一般救急外来と、救急車搬入外来がある。診療棟は同じで診療スペースも一体化しており、出入り口が違うだけである。だから看護師の動線が極めて長い。保美は、毎日、十メートルはあるかと思う廊下を端から端まで走ってばかりいるような感覚だった。持ち前の機敏さが自慢であるが、そのうち足腰を痛めるのではないかと不安になる。

ここに来てから、溌剌と診療する研修医達につい目がいく。淳一を思い出す。

研修医達は、患者に精魂込めて誠実に思いやり深く接しながら、主訴を聞いて、診察をする。迅速な指示を出し、検査の結果を待って正確な診断を下し、的確な治療に導いていく。一年目は、一般救急外来の患者を担当する。入職二年目になると、救急車で搬入された重症患者の診療にも当たる。一刻を争う患者も搬入される。

救急隊員が救急室のストレッチャーに患者を移動し終えると、医師と看護師の連携業務がスタートする。看護師は素早くバイタルを取り、心電図モニターを装着する。医者は患者に問いかけながら素早く診察をする。もう一人の看護師は、血管を確保して、ルーチンの採血を行い、点滴ラインを接続する。

医師は患者の状態に応じて様々の指示を出す。挿管が必要な時もあれば、輸液ポンプで昇圧剤や不整脈治療剤を使うこともある。

保美は転属して間もない頃、研修医と二人で救急搬入患者の対応にあたっていたときのこと。突如、患者の血圧が低下して大至急、昇圧剤を滴下しなければならない状況に陥った。保美は患者の急変に極度に緊張した。輸液ポンプをセットしながら手が震えた。研修医は、保美が緊張し過ぎて戸惑っている様子を察知した。すぐに診察の手を止め、さりげなく側に来ると輸液ポンプのセットを手際よく手伝った。

保美は、自分の手が震えていたのを見られたと思った。しかし不甲斐ない自分を責めるよりも、その若い研修医の労りの心に感謝した。

内地留学を終えて自信をつけると、看護師の失敗や戸惑いをさも大げさに揶揄したり怒鳴ったりする医者がいる。あの時の思いやり深い研修医も将来は変身するのだろうか。ベテランになってもいつまでも研修医の頃の思いやりや謙虚さを忘れないでと祈りたい思いだ。

また、救急外来で勤務して、あるサイクルに気付いた。

似たような救急患者が続くことである。心筋梗塞が立て続けに搬入されたり、交通外傷が続いたりする。最近は、自殺企図が続いている。

保美が担当したのは、若い女性でリストカットの常習者だった。過呼吸で全身が痙攣している。救急室で過呼吸を改善し、創部の処置をして症状が落ち着いてから、心療内科に回した。前日は、自宅の階段にロープをかけて縊死した中年の主婦が搬入された。夫は直前に不穏状態の妻と電話で話している。危険を感じて、急いで帰宅したら、ときすでに遅かったと言った。

それから一週間もしない早朝、八階の自宅マンションから高校生の飛び降り自殺があった。

救急室で緊急処置が行われている時、待合室の隅に座っていた母親と妹の険悪な話し声が聞こえた。

「お母さんがあんなこと言ったから……」

「そんなこと言っても……」

二人は何か揉めていた。

保美はこんな事態にさらに哀しいことではないかと胸を詰まらせた。

小児科医の診断ではインフルエンザウイルスによる錯乱の可能性が指摘された。

こうした奇妙な連続性は何なんだろうと保美は思う。神がかりでも、占星術の世界でもないだろうにと。

本日は深夜勤務である。最近の波乱に満ちた現状を顧みて、今日は平穏な勤務でありますようにと祈らざるを得ない。

深夜勤務は看護師二人に、救急車搬入患者を担当する医師一人と、二十四時間対応の一般救急外来の担当医が一名、新卒の研修医が配置されている。救急車担当は研修医でも二年目以降の経験豊富な医師が担当する。

午前三時前、救急隊から連絡が入った。当院に受診歴のない男性の患者である。救急隊が現場到着した時、意識なし、血圧触れず、自発呼吸なしという状態で、アンビューバッグを押し、心臓マッサージをしながら病院に向かうという一報だった。

救急車担当の研修医と保美ともう一人の年配看護師坂木は、救急ベッド周辺を整え、挿管の準備をして待った。

程なく到着した患者は救急隊員の手で、用意した救急ベッドに寝かされた。薄手の薄汚れた寝間着を着ており、顔や頭や上下肢に打撲痕があった。

救急室の出入り口付近に、中年の男性が距離を置いて立っている。救急隊員の情報で、救急車を要請した身内の者だとわかった。

ベッドに寝かされた患者のバイタル、生命反応は悪い。心電図はフラット、バイタルも測定できない。研修医は、聴診器を胸に当て、瞳孔を確認して処置の仕様が無いことを身内の男性に告げた。続いて臨終を宣告した。こうなると死因が問われる。

研修医は身内の男性から患者の経過を詳しく聴取し始めた。

保美は、その男性を一目見たとき違和感を覚えた。深夜に颯爽としたスーツ姿で付き添ってきたからである。病院に来るためにわざわざ着替えたのだろうか。こんな深夜に急病の身内を抱えて、ここまで身なりを正す必要があるだろうか。

事情は錯綜していた。

男は患者の叔父にあたり、東京地検の検事だと言って名刺を出した。

患者は精神疾患を患っている。仕事のためこちらに来ていたので、一人暮らしの甥を心配して訪問すると、半狂乱になっており、暴れ回って襖や壁に頭や顔をぶつけ、傷だらけになっていたと言った。そのうち、うずくまって意識をなくしたので救急車を呼んだそうである。

体幹にも所々浅い創傷はあるが、腰背部の中央寄りにある母指大の真っ黒い紫斑のような痕が奇妙であった。

「これなんですか」

保美は研修医に聞いた。

「紫斑だね。限局している」

研修医は首をひねった。

死因を特定するため、薬物濃度検査が追加され、全身のX線およびCT検査のオーダーが出された。

年配看護師の坂木も不可解な顔をしながら、検査のため患者を放射線室に移動した。保美は救急室を片付けて、一般患者の外来に回った。一般外来では高熱の患者が立て続けに来てその対応に追われた。

救急車で搬入された患者が到着してから二時間余りが経過している。

朝、五時を過ぎていた。

あの亡くなった患者は、どういう診断で、どう取り計らわれるのだろうか。気になっていたので、一般外来の業務が落ち着いた時、救急室を覗いた。

救急室は整然として、誰もいない。坂木がひとり、疲れた様子でおもむろに書類を片付けている。

「お疲れ様です。あの患者さんはどうなったのですか」

保美は色々、聞きたいことがあった。

「今、身内の男性と一緒に霊安室に移動して安置してきた」

「そうなんですか。それで死因は何だったの」

「頭に出血部位はなかったし、他にも所見は乏しいらしい。状況的に全身打撲によるということらしい」

「そういう診断ってあるの」

「どうだか」

それは研修医が身内の男性から聞き取った話と色々な検査結果を総合して出した診断だろうか。全身打撲によるショック死ということかしら。

保美は、坂木が片付けていた患者の診療録の間に一枚の名刺を見つけた。付き添ってきた身内の男性が研修医に渡した東京地検の検事という名刺である。この名刺は、亡くなった患者の証言がなくても、この人が死に至る経過を話しただけで信頼されるかもしれないという危険性を孕んでいるような気がした。

「あの身内の男性ねえ。エレベーターで移動する時『看護師さん、人間ってこんなに簡単に死ぬものですか』って言うので、そんなことないですよ、人間は簡単には死なないですよって言ってやったわよ」

坂木は男性に何か疑惑を感じているように思えた。

診断書ができたので御遺体は帰宅してもいいが、男性から車の手配に時間がかかると言われて、ひとまず霊安室に安置したと言った。

保美は、精神疾患を患いひとり暮らしの末、凄惨な死を遂げた患者を思って気が沈んだ。これは事故死に当たるのだろうが、悪いサイクルは続いているような気がした。

八時半になった。日勤者への申し送りが始まった。

「止めないと、止めないと。霊安室の患者さん、退院、止めないと」

坂木が申し送りを中断して大声で保美を呼んだ。坂木の慌てた様子に、保美は戸惑った。

「八時半ごろ、車が来るということだったけど、まだいるかしら」

「止めてー。今、医局から連絡があって、検死に回すそうでーす」

「分かりました。急ぎます」

保美は霊安室に急いだ。エレベーターの中で、医局事務の吉永に会った。

「あっ、看護師さん、霊安室の患者さんの件だよね。大丈夫、間一髪でした。出発直前だったところを、制止しましたから。あとは検死に回す手続きをします」

保美はホッとした。

当直医は朝、業務を終えると、医局の朝会で夜に診察した患者の申し送りをする。救急搬入され死亡した患者の申し送りをして、先輩医師から即刻「待った」が掛かった。不審死であると判断され、帰宅が止められた。検死に回された後、司法解剖に回される可能性もある。今夜の研修医にとって、今回の診断は誤診であった。

保美は精悍で落ち着いた雰囲気の研修医の苦悩を思った。

彼は、他の研修医より人生経験が豊富で、見た目も少し年上の風情がある。実際、薬科大を卒業して製薬会社で約五年、薬の研究をしていたそうだが、薬を処方して患者に貢献している医者の仕事に魅せられて、医大に入り直したと聞いた。彼の豊富な社会経験が、マニュアルから外れた診断を導いたのかもしれないと、保美は要らぬ憶測をする。しかし経験は何よりの力を与えてくれるはずである。

彼には今回の経験を大きな力にして飛躍して欲しいと祈った。

深夜明けで宿舎に戻った保美は、急いでシャワーを浴びると、ドライヤーもかけず、濡れた髪のままベッドに倒れ込んだ。

携帯の呼び出し音で目覚めたのは、午後二時過ぎである。四時間は熟睡したようだ。相手は、元同僚の真澄だった。

「保美、今、大丈夫かな。寝てたんじゃないの」

「当たり。でも、大丈夫。深夜明けだけど、ぐっすり寝れたから」

保美はベッドからリビングに移動した。真澄とは久しぶりである。

ゆっくり話をしたかった。真澄は社会に出てからの唯一の親友である。同期の入職で、すぐに気が合って以来仲良くしている。保美の事情は全て熟知している。あの失意の時代、唯一の頼みが真澄だった。真澄は保美の意向にぴったり寄り添ってくれ、休職、出産、復職の力になってくれた。掛け替えのない恩人である。今は関西で社長夫人に納まっている。

彼女も異色の人と言えるかもしれない。働き始めて四年目、突如休職してロサンゼルスに行ってしまった。ホームステイして語学学校に通いながら、フリータイムにアメリカ暮らしの一部始終を体験している。

半年後、留学ビザが切れて帰国したものの、渡航資金を稼ぎ、一年後には再度ロスに飛んだ。やるべき事を残して帰国したのか、他に目的があったのか分からないが、この時もロスで半年間を過ごしている。

保美はその行動力の凄まじさに圧倒され続けていた。歩き始めたばかりの息子を抱えて、現実優先の生活に幸せを感じていたので、当時、真澄の行動は奇想天外にしか見えなかった。

真澄は二度目にロスに行った時、語学学校で今のご主人と出会っている。帰国後は、彼からの強引なアプローチでゴールインした。

大阪で行われた豪華な結婚式に保美も出席した。五、六人、ロスでの仲間がお祝いに駆けつけていた。

「保美、まだ夜勤してるんだー。そうだよね。懐かしいなあ。私も夜勤で稼ぎまくった時期があるから。渡航費用、稼ぐためにさあ」

「今じゃ、社長夫人だもんね。優雅な生活はいかがですか」

「優雅じゃないわよ。大変なことも多いのよ。嫁の立場は気苦労が多い。独身時代が懐かしい。どこでも、飛んで行けたもの」

「それはあなただけじゃない。みんな思うようにならないわよ」

「そっかあ。私は恵まれていたのか」

なんでも素直なところが真澄の可愛いところである。素直な気質がお姑さんとも上手くやっていける要因であろう。

「今日は、何かあったの」

「そうなのよ。保美に是非教えたくて」

「なんでしょうか」

「ほら、上田先生、淳一さんと同期の先生。勿論、覚えているわよね、十年経っても。忘れられない思い出のスキーツアーよ。四人で一緒に滑ったよね。そうした縁で保美は淳一さんと出来ちゃったんでしょ」

「えー。違うわよ。まあ、きっかけにはなったかも」

「その上田先生、今、大阪にいるのよ。私、息子が食物アレルギーで上田先生の外来に通っているの。三カ月くらい前から」

「上田先生、小児科医なの」

「アレルギーの専門医。うちの長男、酷いアトピーで、今、除去食やってるの。それでね、初診の時、お互いにビックリしちゃって。大阪で、再会するとは思わないから。お互いにドキドキだったかも」

「それ、どういう意味。やっぱり、そうだったの。真澄はロスに行ったり来たりしてたし、そのうち今の旦那さんと突然結婚したでしょ。上田先生との噂は私にも聞こえていたけど」

「その辺はノーコメントね。それでね、昨日、息子の受診の後、院内喫茶で上田先生とお茶飲んだの。昔の話に花が咲いてね。保美のこと、聞かれたわ。気になっていたって。淳一さんから聞かされていたらしい。そんな矢先のことだったので、保美さんはどうなるのだろうと気になったけど、自分が出る幕じゃないと思って控えたと言ってた」

「そうだったの。私達付き合い始めて間も無くの事だったから、何が何だか分からなかった。上田先生は同期で親しいとは聞いていたけど」

「保美の大輔くんのことも、言っちゃったよ。ダメだったかな」

「うーん。今となってはね。上田先生なら隠し立てする相手じゃないかもね。彼は、内科の女医さんと結婚したよね」

「ところが離婚して、今、独身だって。女の子が一人いるけど元奥さんが育てているらしい」

「おやおや、穏やかじゃないわね。真澄とよりを戻したいのかな」

「それはないわ。それより淳一さんの忘れ形見に会いたいって。むしろ保美に興味を持ったみたい」

「それは困るわね。彼とはなんの関係もないもの」

「そうよね。保美は大輔くん一筋で幸せだから」

「他に、求めるものは何もないわ。息子の成長だけが生き甲斐かも。これって不幸なことかしら」

「自分を見失わない程度の愛情をね。バランスのいい生き方していないと躓いた時、反動が大きいから。私たち、色々な人の支えで生きているもの」

「その通りね。真澄には、あの当時すっかりお世話になった。とても心強かった。足を向けて寝られないわよ。看護部長に直談判して、一年間の休職を勝ち取ったのも真澄の助力がなければ出来なかった」

「お腹が目立たないうちに休職して実家で出産して、一年後に何食わぬ顔で復帰した時は、尊敬したわよ」

「復帰してあなたを頼りにしていたのに、間も無くあなたはロスに行ってしまった。でも真澄の生き方に刺激されて、もう一度自分を再確認していた。これで良かったのだろうかと」

「そうだったの。私から見れば、世界は自分のためにあるような顔をして、幸せいっぱいに見えた」

「そんなところもあったかも。悲劇を勝ち抜いた幸せな主人公みたいな」

二人の思い出話は尽きない。

保美は、過酷な仕事のストレスを吹き飛ばすように親友に思いの丈を喋った。

真澄も殊の外、上機嫌だった。

電話を切って、保美は当時の思い出に浸った。

寂しさが募る。そして懐かしさがこみ上げる。淳一を思い出すとその温もりが全身を包む気がする。いたたまれなくなってベッドにうつ伏し、大声で泣いた。

淳一はどんな中堅医師になっていただろうか。穏やかで控えめな彼は、将来精神科医になりたいと言った。心の病に苦しむ人に寄り添って、彼らの良き理解者になれたらと言っていた。野望や競争や出世欲とは無縁の人に見えた。そんなところに惹かれたと思う。精神科医だったジークムント・フロイトの精神分析の話が得意だった。心とは氷山のようなものである。氷山はその大きさの七分の一を海面の上に出して漂うというフロイトの名言を教えてもらった。ひょっとして精神科医療の発展に野心を抱いていたのかもしれない。

保美は時々息子の大輔に淳一を重ねている自分に気付いてハッとする。研修医の苦悩や野望は、命あっての物種。淳一のように志半ばで逝った者に救いはあるのだろうか。残されたものは彼のために何をしたらいいのだろうか。

保美は、この頃、何かに責められているような気がしている。誰かに責められているわけではない。自分が自分を責めていた。

大輔はこの春、小学三年生になる。息子の為にこのままの生活は将来に禍根を残すことになるだろう。両親にもこれ以上甘えるわけにはいかない。

実家近くの病院で、子育てにも余裕が取れるように、日勤だけの勤務先を探してみようかと考えていた。

真澄と久しぶりに話をして、何かがすっきりした。

迷っていたが、やっぱり実家に帰ろう。大輔と暮らそう。大輔が成人するまでしっかり寄り添っていてやろう。

大輔を身籠もったことは青天の霹靂であった。あの時、淳一の意志の力を感じた。志半ばで逝った自分の思いを受け継いで欲しいという見えない力だ。

しかし大輔の将来は、大輔のものだ。淳一の志を押し付けるわけにはいかない。ただ淳一と三人で築いたであろう温かい家庭が望めないならば、せめて大輔の側にいて、淳一の分まで愛情をかけて欲しいと思っているに違いない。それが、保美に託したい志に違いない。

保美は納得するように大きく肯いて新しい生活に思いを馳せた。

（了）

青春の情念

マリア様、あなたは私の孤独なつぶやきを大きな心で包んでくれますか。

私はあなたの助けを求めております。

でもキリスト教徒ではありません。

ただこの胸の内を打ち明ける相手が欲しいのです。

胸に秘めた青春の情念を持て余しているのです。

誰かに打ち明けたら、どんなに楽になるだろうと思いつつ、誰にも知られたくないことでした。

でもマリア様、あなたに語ることで、一歩前進できるかもしれないと思うのです。どうぞ勝手な私をお許しください。

はじめに

マリア様、はじめにこれだけは言っておきたいと思います。

二十二歳の春、つい三日前、私は某有名私大、文学部の受験に失敗しました。待ちに待った受験のチャンスだったのですが、無残な結果になってしまいました。文学に興味があり憧れがありましたので、大学で学べば夢が開かれるかもしれないと、一途に思い詰めた結果の挑戦でした。文学的素養はなく読書量も多い方ではないでしょう。ただ、本が好きで中学生の頃から文学書には深い感銘を受けていました。

私がまず冒頭の事実を述べたかったのは青春の苦悩を整理したかったからです。

人間は自分を少しでも高く認めて欲しい本能があります。青春時代はことさら、物事の一面しか見えなくてより本能は強くなります。私も他のどんな例にも違わず、自分を少しでもよく見てもらうための所業を行ってきました。徹夜の勉強もそうですし、綺麗に見せるためのダイエットもそうです。そしてあらゆる時に、言葉の武器で自分を取り繕ってきました。

しかし、人間には反面、そんな緊張感から解放されたい欲求があります。あまりの葛藤から、自分のありのままの姿を言葉にして、誰かに聞いてもらうことで心が安定したりするのです。

例えば、若い女性が恋人に「自分のありのままを知ってもらいたい」と言います。それは背伸びしてよく見せようとしている自分に疲れ果てているのではないかと思います。

こういう理由で、私がはじめに告白した失敗は、私を非常に安心させるのです。

人は文章を書くときも自分を最高に見せるべく飾った言葉を準備しています。だからそこにも心の葛藤があり、緊張が生まれます。

もし、自分が自分を本当に取るに足らない人間であると認めることができたら、そのとき、自己の飛躍があるのではないかと考えます。

マリア様、人間はみんな執着の強い生き物でしょうか。

私は自分の価値観や観念を容易に変えることができません。いや、私だけでなく、世の中には個人の執着がまざまざと見受けられます。

人は十人十色と言われ、物の考え方は皆違います。だから執着にも違いは出てくるでしょう。

ある人は成績を上げるために徹夜の勉強をするかもしれませんし、成績にはそれほど価値を置かない人は、他の何かに執着しています。

高校時代は、成績の順位で個人の価値が決まるように思えました。男子生徒は特にそうだったと思います。女生徒の場合は、容姿が同じくらい価値を持ちました。

これは生徒が自然に作り上げた価値観のピラミッドだったと思います。

しかし、私のこのような意見に反発する人がいるかもしれません。

では私は問うてみたい。

成績優秀、品行方正と言われたり、美人で容姿端麗であったりしたいとは思いませんか。

人は皆そうありたいもので、それらも執着だと思うのです。

執着にも程度の差はあります。

育った環境や、生まれながらの資質による差異です。ある者は栄光を求めて突進するかもしれないが、ある者はいい加減なところで妥協します。

前者は、ある意味で自分を矮小化します。何故ならそこは安住の地だからです。周囲の心地よいさざ波に乗って、自分中心の世界が叶うからです。そこでは高慢やエゴが知らないうちに育ちます。それは後々に影響します。それらも人間の執着と私は呼びます。

一方、いい加減なところで妥協する後者は、無責任な社会を作ります。その妥協が特権階級を生み育てます。権力を持ち思いのまま支配できる階級に抗うことができぬまま、彼らはあらゆる困難にぶつかります。その困難は自らが招いたことを知ることもなくただ苦しむのです。けれども縁の下の力持ちと言われる彼らの選択は正しいかもしれません。

それはもう一つの、このどちらにも当てはまらない層にいる人達のことで、一番くだらない人間形成の道を辿るのではないかと思うからです。例えば、インテリぶって社会を斜めから眺めては、もっともらしい屁理屈を並べて自己を正当化し、地道な努力を怠る輩です。

そしてこの区分に、私がぴったり当てはまるような気がします。

私はそういう自分自身に気がついた時、これまでにない安堵を覚えました。背伸びして、苦しかった自分におさらばしたかったからでしょうか。

執着から解放される糸口を見つけたからでしょうか。

自己の飛躍に気づいたからでしょうか。

マリア様、私の本当につまらない呟きを、静かに聞いてくださってありがとうございます。

私は、自分の考えている事はまともなのか、独善なのか分からないのです。

自分の価値観や執着は普通なのか、あるいは非常識なのか、また自分を取るに足らない人間であると認める時、飛躍があるのか分からないのです。

世の中のこと、人間のこと、まだ何も知らないのに、今、自分が考えていることが最善であろうとしか考えられないのです。

だからマリア様、私に知恵を与えてください。

私にそっと寄り添っていてください。

折に触れ心に触れ書き留めてきた五冊の大学ノートを参考に、ありのままの自分をあなたに呟いて、青春をぶちまけてみたいと思います。

その先には、何か輝かしい拾い物があるかもしれないから。

歩きながら考える

私は歩きながらものを考える。

歩きながら、頭の中で文章を連ねる。

あたかも紙面に厳然と挑むように次々と文章を書き続ける。そして、主題に沿った長い文章が出来上がった時、もう一度冒頭の言葉を思い出してみる。ところが、いつもすっかり忘れている。

ついちょっと前、自分自身で聞き惚れていた名文句も跡形もなく消えてしまう。ところどころ思い出すが、完全に出来上がっていたはずの文章は、決してそのままの姿では残っていない。しかし、自分が考えた主題に沿った内容は、私の頭の書棚にそっと並べられて忘れない。時折、机に向かった時など、思い出しては忘れないうちに書き留めておこうかと、また一ページ大学ノートが埋まるのである。

私は歩きながらものを考える。

それもいつも歩き慣れて安心のある道を、急がない足取りで歩く時、つい頭が文章を考えている。会社の帰り、家路に向かう道路で放心状態になる時、自分でも驚くほど名文が放出する。

歩きながらだけ文を連ねるわけではない。

寝ながらも、頭の中に硬い文章でも、どんどん書いていく。

トイレの中でも文章はできる。が、一旦、紙面に向かうと手も足も出ない。文章が続かない。やけに修飾語ばかりが飛びかったり、意図とは反対の結論に達したり、余計なことばかりが多くなったりして嫌になる。

そして、今書いているこの文章ですら、ついさっき歩き慣れた道を家路に向かう折、連ねてみた文に他ならない。が、その時の名文は消え失せて、紙面に向かいながら、もう一度頭の書棚から引っ張り出して着飾った文章を書いてしまった。

マリア様、著述家を志望している私がこんな体たらくではその夢はかなり難しいでしょうね。書きたいことが書けない実感は私を苦しめます。

親友のこと

私は高校一年の時、クラスに唯一の親友がいました。隣町の中学から進学した私は彼女と同じクラスになり意気投合しました。

高校時代、親友の存在は誰にとっても価値あることであろうと思います。それは精神的支えとなり高校生活を意義深いものにします。

私は明朗快活ですが、依頼心が強くて寂しがりやでした。親友が病気で欠席した日など、たった一人の孤独に耐えられなかったものです。そういう面、私の交友範囲は非常に狭かったと言えます。しかし新しいクラスは、全く新しい仲間で編成されたから、無理もないことであったかもしれません。

私はお人好しで、人に接する時は遠慮がちにしか話せなかったし、他人の鋭い言葉にはいつも傷つけられて悔しい思いをしました。しかしひとたび気心が知れると、強い自我が表面化するのも私の特徴と言えます。

新しいクラスでも、初めは目立たない存在でしたが、次第に目立ってきて、生来が天真爛漫なので、誰とでも邪心なく接するようになりました。たった一人では何もできないのに、団体行動となるといつの間にか首位を確保しています。

そんな偏った性格だから、高校で得た親友の存在は百人力であったような気がします。だが、友達は性格と性格の付き合いですから、いつどんな時にお互いの絆が壊れてしまうか知れません。

私は親友には忠実で忠誠を尽くしたと思いますが、性格を異にする相手にはそれが素直に通じないこともあります。私にも、どうしても虫が好かない相手がいます。その人達は、別グループを作って親密にしていましたから、人間の性の善悪は決め付けるわけにはいきません。しかし、その頃、自分の許容できない性格の人には悪のレッテルを貼っていました。

親友のことに戻りますが、私はずっと彼女とは心が一体であると信じていました。ところがある時期を経て、彼女の態度は私の心に背きました。

新しい親友を作って、その人とぴったり一つになったのです。そして私には何一つ心を開いてくれませんでした。私の何が悪かったのでしょうか。

私は無視されても、沈黙を守るしかなかった。お人好しで小心者なんです。自分の性格が悪くて嫌われたのだと自らを責めていました。

それでも彼女からの声がけをずっと待っていましたが、期待は叶いませんでした。

時が経ち、私の心の中は彼女への憎しみだけが増幅していきました。私はこの憎しみを、あるいは誤った方向に持っていったかもしれません。青春期の不安定な感情をどのように処理したらいいか、悶え苦しんでいたのです。友達との付き合い、友情、人間関係などに絶望し、高校生活はただ孤独でしかなくなりました。私は一人でも強く生きなければならないと言い聞かせていきました。

なにを、大げさにと、みんなは言うかもしれません。

でも私は周囲に動揺しない強い心が欲しいと思いました。青春期は他人の目には些細に映ることも、本人にとっては一生を分ける事項もあるのだと、人生経験豊かな大人には分かってもらえると思います。

それから私は書物のみが自分の友達であると信じてしまいました。

特に、武者小路実篤の『人生賛歌』に夢中になりました。彼の個人主義に共鳴したのです。「わかる人にはわかってもらえる気楽さ」という言葉は、大きな慰めになり、励ましになりました。

そして、自分の性格を一変する必要性を強く感じたのです。

青春時代は、みんな自分の性格を悔いて、なんとか強い人間になりたいと熱望しているのではないでしょうか。特に支配されたり、振り回されたりすることは耐え難い苦痛を感じる筈です。

私の場合は、生来のお人好しの性格がとことん嫌になっていました。信じきっていた友情を失ってから、私は人間改造に取り組むことにしました。それは故意に無理やりそう務めたのです。そのために性格を歪にしたり、人格破壊を起こしたりするかもしれないことなど、気にも留めませんでした。

寧ろ、自分は誰よりも抜きん出た人生経験をしているのだと自負していました。

この時期、実篤の『人生賛歌』は唯一の心の支えであり、指導者であり、真実の本であると一途に信じていました。

ここに私が陶酔した実篤(『人生論読本』)を抜粋します。

■淋しさの谷、涙の谷をさまよわぬものは人生を知ること少なし(「愛と死」より)。

■自分を理解するものは自分だけである。自分の仕事をするのも自分だけである。

■他人に嫌われようが罵倒されようが我は我が道を歩く。ここに自分は誇りを置くことに努力した。かくて自分は他人を軽蔑し、社会を軽蔑することに力を尽くした。

孤独なるものの行く道である。

■よき子は親に背き、よき弟子は師に背き、よき友は友に背く。

■自分の強いところはいつでも絶望から湧いてくる。どうでも勝手になれというところから湧いてくる。

■自分はすべての人と独立して付き合いたい。頼るのも嫌ならば、頼られるのも嫌である。

■尊敬すべきものと、軽蔑すべきものの区別を知ることは知恵の始めである。

■人生短し、バカを相手にしてムキになる暇なし。

■無心の喜びこそ最も深い人類的な、あるいはもっと深い生命的な喜びである。

■人間は絶えず進むべきである。他人のことは問題にするな。するなら自分が尊敬しないではいられない人々を問題にすべきだ。

そして私は自分を変えることに成功していました。自己流の解釈と手段で、自分を強く保っていられる方法を見出したのです。すると周りの人が愚鈍に見えたり、取るに足らない人間に思えたりして、自分を雲の上の存在にしてしまいました。

ある日、私は新しい親友を見つけました。彼女は私の人間改造論を聞いて感心して言いました。

「私はあなたを尊敬するわ」

青春期は誰もが不安定です。彼女も似たような苦悩を抱えていたのでしょう。

私はこの言葉を聞いて前にも増して自分の道は正しいと信じました。


時が流れ、私は自分自身を今一度、考え直さねばならなくなりました。信じていた個人主義が、雑多の矛盾を生んだのです。

今も、個人主義とはどういうことかよく分かりませんが。この時期の私の個人主義はあまりにも利己的だったと思うのです。

人生はこれではいけないと悟りました。

しかし現実は過酷な受験生活であったため、理想と観念がいつも平行線でした。

「自分は今、天井に頭がくっついてしまっている。現状での突破口はないが、きっと必ず求めている人生が、天井を打ち破った時に開けるのだ」

私はそのように考えていました。

それは自我を捨てて、無心になった時に訪れるものと考えていました。

人間は自己中心的で、いつだって自分自身の安楽や充足を求めています。私の個人主義も、実のところ自己防衛の手段に過ぎなかったのです。

しかしそれでは人生は味気なくて淋しいものです。

自我を超えた人間愛に根付いた人生を信じたかったのです。

あくまで、頭の中だけでそう叫び続けていました。

しかし高校を卒業するまでに解決できる問題ではなく、私の求める哲学として残されました。

その上、私から去っていった彼女への憎悪は消えることがありませんでした。

卒業後、私は短期大学に進学しました。彼女も進学希望でした。ところが彼女は受験にことごとく失敗しました。私は心の中で冷笑しました。

しかしそんな自分が心の狭い嫌な奴に思えて無性に悲しくなりました。そんな嫌な自分を打ち消したい思いが強くなりました。

私は冷めた心で、浪人生活の援助にと、過去に使った参考書を彼女に送りました。


しばらくして彼女から手紙が来ました。手紙とは言え、心を通い合わせるなんて何年ぶりでしょうか。中身は、私に対する感謝の念で埋まっていました。

余計なお節介と言われなくてホッとしたと同時に、私は彼女の全てを許していました。

そしてその時の心境を、次のようにノートに書きました。

あなたは私に心から謝りました
酷い仕打ちだったと言いました
私のことを羨ましいとも
私はその言葉に甘えてしまおうとしました
でも全て違うのです
私はもっと醜い人間です
善人という皮を被った悪魔です

私は訳も分からず私から去ったあなたが憎らしかった
あなたが全てに失敗するのをほくそ笑んで眺めていた
あなたは私の思い通りになった

私はあなたに近づいた
嘲笑いながら偽善を尽くした
全てお見通しでした

私こそ、あなたに謝るべきです
あなたに先を越されてしまった
あなたに完敗したのです

マリア様、私はこの文章を秘密にしていました。誰かにこんな醜い心を知られるのが怖かったのです。でも、今なら自分を隠さず、素直でいられるような気がします。

初恋

私には中学、高校時代に想いを寄せていた人がいます。今考えると、幼い時代の錯覚だったような気もします。初恋とはそのように淡い出来事なのでしょう。

彼とは中学二年の時、同じクラスになりました。思春期は、男子も女子も異性に興味を持ち始めます。

私も仲良しグループで異性について語り合ったり、騒いだりしました。誰もがそうであったように、ちょっと気を惹かれるような男子に巡り会うとその子の虜になります。みんなはそれぞれ好みが違いますから、興味が一致することもあれば、違うこともあります。私はハンサムで少し不良っぽい男子に惹かれていました。しかし、特に好きな子がいない時期もあります。思春期は移り気で、心が定まらないものです。

仲間同士では、誰がどの子を好きなのか興味津々です。無理矢理、告白しなくてはいけないこともあり、そんな時、私は成績優秀な彼を好きだと言ってしまいました。

彼はハンサムでもセクシーでもなかったので、惹かれるようなところはありませんでした。でも自分のプライドにおいて自分の成績にふさわしい男子を好きになる必要がありました。そのくらいの理由しか見当たりません。

彼は私より背が低かったし、好みのタイプでもありません。ただ成績が優秀だったので、ライバルとして一目置いていました。

仲間に告白させられてから、周囲の微妙な空気が、私の初恋を本気にさせました。彼はクラスのみんなに好かれていたし、性格も好ましいタイプでした。

私はどんどん彼に惹かれていく自分を感じました。

中学時代はみんな、フランクに純粋に仲間達に言葉を投げ合ったものです。

「夕べ、お前の夢を見たよ」

彼から、そんなフランクな声がけをされると、ひょっとして私のことを好いてくれているのかなと、胸をときめかしたりしました。また、

「大人になったら、俺が社長でお前を秘書にしてやるよ」

そんな思わせぶりなことを言われた時は、嬉しくて言葉を返せませんでした。

彼から見ると私は異性としてより、学業においてのライバルだったのかもしれません。

同じ高校に進学して、選抜された同じクラスになりました。

不思議な事ですが、高校生になると男女の距離がずっと離れます。

ついこの前まで、フランクだった二人の関係は雲の彼方の出来事になりました。遠くから眺めるようになると、恋しい気持ちは高まるものです。

そんな思いを胸に受験生活に突入しました。彼は一途に勉学に励んでいました。

そしていつも首位を保っていました。

高校生になってからの彼は物静かで、控えめで色白の好男子に成長しました。身長もグンと伸びました。その上、成績が優秀だったので、女生徒の憧れの的だったかもしれません。中学時代と違って、仲間同士で告白などはしなくなりましたので、皆の胸の内は分か

らなくなりました。

私はもし、彼から優秀な成績を取り除いたら興味と関心がなくなるのではないかと、人を好きになることさえ利己的である自分が浅ましいと思ったりしました。

けれども、彼は首位の座を保ち続けていましたので、私の恋心は燃え上がるばかりでした。何事においても積極的で負けず嫌いだった私も、彼に対しては臆病で、コンプレックスの塊でした。恋は盲目と言いますが、遠くから眺めるばかりの彼を、私はいつしか理想の男性に創り上げてしまいました。

感情は理性を失ったまま高校卒業の時を迎えました。

この五年間、その眼差しにときめいた日々も、もう過去のことになります。彼とは何の関わりも、繋がりも無くなってしまいます。

彼は見事、東京大学に合格し、私は地元の短期大学、家政学部に進みました。

生活が変わっても私の思いは消えませんでした。初恋を引き摺っていると言えば美しく聞こえますが、私の場合は成長しきれない執念でした。

今では馬鹿馬鹿しいことだと思うのですが、遠い空の下で生活している彼のことを、いつも失ってはならない存在だと信じていました。

青春期を懸けた人であり、彼の成長は私自身の成長でもあったのです。

私は彼がこの先どのように目標を達成していくのか見届けたい思いでいっぱいでした。それは彼のためというより、自分のためであったと思います。

私の高校時代は不幸な出来事の連続でした。

親友を失ったこと、両親が離婚したことなどは、多感な青春期を打ちのめすには十分でした。その頃、ただひたすら目標に向かって勉学に邁進している彼の姿は私にとって神々しくて、恋心を超えて尊敬に値するものだったのです。

私は短大を卒業して、地方銀行に就職しました。短大では栄養士の資格を取得しましたのでその道を希望しましたが適当な求人がありませんでした。

銀行業務は興味深いものでした。最初に配属された普通預金係は、接客と紙幣の取り扱いの訓練から始まります。百枚の札束を、手際よく数え上げる技術は簡単なものではありません。私は新聞紙を札束がわりに切り揃えて、何回も何回も練習しました。自分でもカッコよく、早く切れるようになった時は満足感に浸ったものです。私は、愛想の良い接客、手際の良い事務処理そして収支決済の正確さをモットーに楽しく仕事をしました。

職場では男子行員との交流がありました。しかしいつの場合も、彼の人間像が私の男性観を支配していました。

彼に対するエピソードは全て肯定的なのに、他のどんな男性に対してもいつも否定的で高慢な態度を取ってしまいます。自分でも気付かぬうちに、彼の理想像を作っていたのかもしれません。

そして高校を卒業してから四年目の正月。意を決して彼に年賀状を書きました。

今なら、気負いのない平静な心で話せると思ったのです。

正月七日目、彼は突然、私の家を訪れました。

青天の霹靂でした。

まさか、訪問してくれるとは思っていませんでした。良くて、お礼の賀状をくれるかしらと期待していたくらいです。

フランクになんでも話した中学以来の対面です。高校時代は同じクラスにいても素っ気ない話題しかなかった。私一人が思いを寄せていた。

久しぶりに会った彼は、昔のままの彼であった。ざっくばらんに、気負いなく、なんでもフランクに喋った。

優等生でも、天下の東大生でもなく、中学時代の素朴な同級生であった。

「ああ、良かった。年賀状を書いて良かった」

私はそう思っていた。

頭の中で妄想に取り憑かれていた自分から脱出できそうな気がした。

しかし彼は事も無げにこう言った。

「高校時代の僕は虚像だよ。君の考えていたことは幻だ」と。

彼は自分は家族や教師の操り人形でしかなかったと言いました。

私の心中に、大波が立った。その打撃は相当でした。

徹底した勉学の精神は私の価値観の上位を占めます。尊敬に値します。彼はひたすら目標に向かって邁進していると信じていたのです。

私はこれまでの人生に二つのことを信じていました。

その一つが彼のことです。彼は信念で勉学に勤しんでおり、目標に向かっているのだと。

勝手な思い込みだから、彼に責任はありません。

なんとたわいない事をと、他人は一笑に付すかもしれません。私は物事に固執するのです。

けれども十三歳の感受性のまま、二十二歳の今日を迎えた馬鹿さ加減を思い知らねばなりませんでした。

マリア様、これは異常なことでしょうか。

執着心の強い私に科せられた罠でしょうか。罰でしょうか。

さらに私は彼から思いもよらない事を聞かされました。

「高校時代の同級生で、誰と交流があるの」

彼はそう私に聞いた。

私は二、三人の女友達の名前を挙げた。

「あれっ。みんな昔の僕の恋人」

「えっ。どういうこと」

「みんな、僕の思い出の子。特にA子」

A子とは私を去っていったあの親友である。

彼はモテたのか、気が多かったのか？

A子も恋人だったと？　私から去っていったのはそのため？

頭の中で雑念が湧く。

なんだ、何も知らなかったのは私だけ。

A子は私の心中を察し気を遣って、私から去っていったの？

それ以上何も聞けなかった。小心者のお人好し。

いや彼もそれ以上は答えなかっただろう。

今もA子と付き合っているのだろうか。胸がモヤモヤした。

二人は暗くなるまでたわいない話を続けた。中学時代の話が楽しかった。
私は彼への秘めた思いを伝えることは出来なかった。
それはもう過去のことになっていた。初恋は消えていた。

のちに、その心情を詩にしました。

時は流れゆく　絶ゆる間も無く
あなたを知って五年が過ぎた
中学時代
毎日毎日　一緒だった
戯れの一言が
本気の恋になった時
切なさだけが残ってた

進学の春
同じクラスにあなたがいた

そのときめきを忘れない
夏が来て
海辺の暑い砂浜で
あなたを想って貝殻拾い
二つ並べて机に置いた
秋風が私の頬を撫でる頃
君と議論がしたいなど
不意に語りかけてきた
あなたの眼差し思い出す

全てがずっと昔のように
私の脳裏を駆け巡る
思い出に浸りつつ
虚像を追い求めた青春に
ただ忘却を誓うだけ

マリア様、私には分かったのです。

慰めに出した年賀状が二人に過去を思い起こさせたことは確かです。

彼は待ちに待ったものを受け取ったという感覚だったでしょうか。

彼は、卒業を迎えていました。進学か就職かの問題にも直面していました。東京大学では、井の中の蛙だった自分に煩悶、苦悶したと言いました。それを誰かに打ち明けることで現状を突破したかったのかもしれません。

私との突然の再会は、私から何かの示唆を得たかったからかもしれないのです。彼は私に対して恋とは程遠い深い友情を感じていたのです。

これから、彼と会うたびに偶像が崩れていくのだろうと思います。それでも、過去の自分を彼に投影して、プライドにおいて彼と繋がっていたいと思いました。

細々とした糸ではあるが、お互いは強く引き合っていると感じました。

彼は本当に友情を高めていく自信があるのでしょうか。お互いがギブアンドテイクの関係で居られると信じているのでしょうか。

私は二人の今後をナンセンスだと決めつけていました。それでも心のうちには強く惹きつけられるものがあるのです。

このような淡い初恋は、五十年経っても、微かなときめきとともに、彼のためには綺麗でいたいと思える貴重な思い出になるのではないかと想像します。

マリア様にだけそっと打ち明けました。

英語の先生

私は彼を「先生」と呼びます。

私が先生を初めて知ったのは、高二の春。

私はある人の私用で先生の元へ使いにやられた。私は先生を知らなかった。職員室でモゾモゾやっていて、担任に尋ねた。

すると担任は、私を軽蔑したような笑みを含めて、

「なんだ君、生徒指導主任の彼を知らないのか」

隣にいた青白くて神経質な感じの男教師が眼鏡越しに、

「そりゃ、気をつけないかんな」

私はたちまち、職員室の一部で笑い者になった。

私の無神経さ、呑気さ、いやそれ以上の何事かをそこに居合わせた教師たちは、嘲笑っ

たのであろう。

だがそんなことは問題じゃない。

その時、私は初めて先生が生徒指導の主任だと知った。それから、時々先生が朝礼で校則について話をするのに注意を向けるようになった。

私と先生との関係はその程度であった。

新学期を迎えて、先生は私のクラスのリーダー（英語）の担当になった。

一日目、先生と対面した。それまではなんでもなかった。

先生は今年一年の学習に当たって、注意なりなんなりを簡単に説明して、どんなふうにかわからないけれども、先生の話には実が入ってきた。

私は身を乗り出して聞いていた。

先生の一言、一言に感嘆しながら、考えさせられたりしながら、授業が終わった。この一時間で、私は先生のほんの一部しか知り得なかったであろうが、好きになってしまいそうである。

私は綴っておこう。先生について。初対面の際、知り得たところの全てを。先生という人間像から見ると、私の頭で作った先生像はほんの一部分にしか過ぎないであろうが。

『君たちは、僕と出会ったことを不運だと思うであろう』

先生の第一声はこうだった。

『だが僕は君たちと勉強できることを幸いに思う。

なぜ君たちが不運であるかというと、僕のような教師に英語を教えられるからである。所詮、僕は英語の教師であることが間違っている。僕のように英語に実力のない教師に一年間英語を教えてもらうはめになった君たちは不運である。

僕は片眼に片肺である。だが僕は君たちに会えたことが嬉しい。

君たちはいわばこの学校のエリートであるとされている。

僕と君たちとの英文法の実力はそう変わらないであろう。いや同じくらいである。僕より上の人もいるだろう。君たちの文法の実力は相当である。だが僕と差がつく点は英文を読んだ時、それをどのように日本語に訳すか、そのうまさである。

「アイ　ラブ　ユー」という言葉でもその時のお互いの立場で感情も違おう。それをどんな場合でも、なんかのなんかしゃん（バカのひとつ）覚えの要領でやっては困る。「僕は君が好きなんだ」という軽い気持ちで言っているのに「我、汝を愛さんか」などと訳語をつけてみても滑稽極まりない。

高校の入学試験で「ファミリードクター」を日本語に訳せという問題で、二百人余りいる生徒が、それぞれ好きなような訳語を答えてある。

「ファミリードクター」と言えば、どうしてすぐ「かかりつけの医者」と日本語が出てこないのかというのですね。こう正しく答えられていたのはわずか一人だった。他のものは「家族的医者」とか「家族医者」とか書いて平気でいるんですね。

「家族的医者」だって、何ですかね。これも日本語のボキャブラリーの不足なんですね。

そんな人が英文の推理小説を訳すと漫才の台本と変わらなくなるんです。英語をやる前に何と言っても日本語が大切なものとなってくるんです。

そんな点でも僕は小説を読むことを勧めるね。僕ほどどんな小説本も片っ端から読み尽くしている人はいないと思う。僕は本当にたくさん、本を読んだ。

学生時代、英語なんて大嫌いだった。それがどうして英語の先生になってしまったか。

僕の大学時代の専攻は法律と経済学だった。ところが結核になって死の寸前まで追い込まれ、長い病床生活に入った。

病床にいる間、僕は本を読んだ。有島武郎、正岡子規、太宰治、夏目漱石、武者小路実篤、島崎藤村……僕は数多くデタラメに読みまくった。今でも本は大好きだ。本を読まないで毎日を過ごすことはできない。何もしないでじっとしていることの苦痛を避けるために僕は本を読む。僕は本と酒が大好きだ。

だから女房は僕が本と酒についてどのようにしても何も言わないように教育してある。僕は夜、床についてただ独りである儚さを思わないようにするためにも必ず本を枕元に積んで、二、三十ページでも読まずには寝られない。そんなふうになってしまった。

僕はもう八割は死ぬとされて手術台に乗った時、もし僕が死んだら誰が喜ぶだろうと一人ひとり顔を思い浮かべながら数えてみると十二人いた。

その時僕はこの十二人の奴のためにも死にたくないと思った。どうしても生きてやりたかった。だから僕が生きていると知った時その十二人はきっと悔しかったであろう。

「憎まれっ子、世に憚る」という。僕は憎まれ者だったから幸いにも生き永らえたんです。病床生活はあまりにも苦しかった。そんな苦しい中で、正岡子規の「病牀六尺」という本を読んだ。彼の病気は脊椎カリエスで身体が自由にならない苦痛の毎日を日記風に書いているんですね。それがちっとも暗さを思わせない。至極明るい日記なんですね。僕はそれを読んで、僕よりも苦しい毎日と闘ってきた故人がいることを知って力づけられましたね。心の糧として僕は本を読みました。

その頃、僕は密かに太宰治という人を知り、彼の本を漁って読みました。

彼ほど自分の弱さをさらけ出した繊細なほど物事に敏感な人はいませんね。彼の心の読みは鋭かった。所詮人間は弱いものである。それを巧みに綴った彼の作品に非常に惹かれた。

僕はその時、太宰治を僕の心の中の人、僕だけの人にしておこうと思った。僕だけのものにしたかった。彼は死んだ。彼の人気は死後、爆発的なものとなった。戦後、彼の作品は人気を集めた。群衆に認められるようになり、みんなの太宰治となった。その時、僕は悔しかった。太宰治をみんなに取られてしまいそうな気がして。

君たちは本を読む時、やたらと名作集ばかり追っかけないほうがいいね。

本を読むのは教養を身につけるためとか、知識を増やすためとかいうものじゃないね。自分の心の拠り所とするために大切なものである。

ところで僕は君たちにひとつ言いたいことがある。

君たちは二言目には「若さの力で」という。君たちは「若さ」というものを何だと思っている。そういうことについてどの程度考えているのか聞きたい。

七十歳が若さがなくて、十五歳が若さがあるという生物学上の区別によるものでは決してないね。七十歳にも若さを持つ人もいれば、君たちにも年寄りはたくさんいる。

僕は君たちの中で、僕と同じくらい若さをもっている人が何人くらいいるだろうかと思う。「若さ」とは年齢ではない。僕の辞書では、若さとは目標に向かって突進する意欲であるとされている。夢が広々として、目標ががっちりしていて、それに向かって精一杯努力する、それが若さである。だから目標があってやる気を起こして突進していく人は若さがあるという。

ところで君たちは「力」とはなんだと思うか。大鵬とか柏戸なんかは日本一、力が強いですね。常々、外野席にまでホームランを打ち込む王の力は大したものです。だがそれを力と言うんでしょうかね。生物学的力はそう言うものを指すでしょうけど……』

先生の話は次々と展開した。先生には私を引き付ける力がある。

言葉の全てに人間性が溢れており、弁舌の中に弱さはこれっぽちも感じなかった。だが、先生は言った。

「僕は弱虫で、涙もろくて、不勉強で……」と。

私はそう言う先生の心の奥底を知ることができない。立て板に水を流す如くにしゃべっている先生に弱さは感じられない。

『どんな事についてでも考えるためには角度があるが、人間を暗い面から見ると、所詮人間はひとりぼっちなんですよ。人間は生まれついた時から、他人を頼るようにできているんです。

「裏切られた」という言葉を耳にしますが、元々友情なんて裏切るためにあるようなものです。こんなことを言うと君たちには残酷なことですけど。世の中はたった一人で寂しくて仕方のない人間ばかりですよ。僕も寂しいんだ。君も寂しいのか、とお互いに寂しい、孤独な中で……』

先生の人生観を覗き見るようだった。浅黒い顔に黒いメガネをかけ、中背の痩せ形、年齢は四十半ばであろうか。一見、近寄り難い雰囲気を醸している。

私が先生を知った二回目である。

マリア様、私は先生に強烈な印象を受けたのでしょうね。

五十分の授業の全てを仔細に記録していました。

虚無的な傾向に終始した先生の独壇場でしたが、私の琴線に触れることであったのでしょう。人生の虚しさが分かる高校生だったのです。

高校時代の手記

マリア様、煩悶、苦悶していた高校時代は、ほんの四年くらい前のことです。受験地獄のこと、友達のこと、初恋のこと、自分自身のことなど、多感な思いを綴ってきました。それらを先にも書きましたが、ここにもぶちまけて自分自身を振り返ります。その揺れる心を受け止めてください。

〈友の記〉

ある友にこう話した。

昨日の夜、頭痛に悩まされながら床の中で頭を抱えてじっと考え込んでいた。自己について考えていた。自分自身が嫌になっていた。そして考えた。そんな自分が嬉しかった。こんな気持ち分かりますか。分からないと思います。

ある友はこう答えた。

半分は分かると思う。「生きがい探求」などの本に自分がつまらなく思えたら成長したのだとあった。その時、私は自分がとてもつまらなく思えていた時なので慰めだと考えた。

しばらく経って、自分がちょっと成長したように自惚れた。その時に、私は自分が悔しかった。そして自分が取るに足らぬ者に思いたいと思ったことがある、と。

（私の手記）

私は知らない。

この世にあるべき真実に道も、はたして誰を賢人といい、誰を愚か者というのかも。ある人は言った。「人間は弱き者であり、無力な者であると知ったら、成長した証拠である」と。

そういう言葉に私は心を寄せられたものである。それもその筈、私ごとき人間は弱さも知らなければ、無力も知らない。私を満たしているものは自信以外の何物もない。そうであることに寸分の違いもない。

私の心から弱さや無力を見出そうとも無駄である。何故であろうか。

私には経験という土台があるのか。それともただの強がりなのか。

私はどちらとも分からない。どちらかである根拠もない。

自己分析に苦悩する、これこそ人生論を語る初歩ではないだろうか。

（高二の夏）
夕暮れに　一人たたずむ縁の端
燃える夕日に　心酔わする
山ぎわに　かすかに残す夕焼けが
私の目には　ひどく恋しい

マリア様、これは初恋を綴った歌です

（高二の秋）
夕闇が　天地を包む　ぼんやりと
この大海に　ただひとりきり

マリア様、受験生が必ず体験する苦い、淋しい心の記録。

私も例に洩れず大学受験までの二年間は、毎日が得点の生活でした。ライバル意識を正しく心得るべきだとは言っても、いざ試験となると一点でも多い方が上位になるし、彼の、彼女の成績も気になります。

まだ高二の秋、早くも点取り虫になっていた受験生活。

成績順位に得点と名前を張り出した中央廊下には、もう太陽の光は届いていなかった。

夕闇に隠れてしまって。

夕闇の淋しいため息は、愕然として佇んでいる私の全身を包んだ。友の努力の結晶の跡を眼の前にして。

(高校卒業に寄せて)
タンポポが咲く頃　何かを感じるでしょう
つくしが芽を出せば　母校を懐かしむでしょう

(友人の卒業の寄せ書き帳に)
一、「人生とは健康である」誰の言葉。松下先生の言葉。
　君の哲学を生み出そう。
二、「幸福とはなんぞや」
　だが、君の幸せを祈る

マリア様、高校生活の最終章に、私が精一杯、人生を讃えようとした記述です。

短大時代

マリア様、短大時代の詩を綴ります。

私は進路を誤ったことに苦悶しました。もう一度引き返せないものかと、ずっと自問自答していました。

しかし、母は私の将来に希望を抱いていました。家政学部では、今後生きていく上で関わり続けていくであろう身近で本質的な問題について知識を得ることができ、食物学を生かして栄養士の資格を取れば、社会で役立つ仕事にも就くことができると考えているようでした。

私は社会というものが分からないし、文学に対する思いは募るばかりで、揺れ動く心に打ちのめされていました。

これも全てぶちまけることで一歩、前進したいと思います。

（精一杯いじけていたあの頃）
自分の性格にすっかり嫌気がさし
無理にでも他人を軽蔑して
自分を最高のものに飾り立てようとしたあの頃

信じきり頼り切っていた友に背かれて
個人主義の思想に走ったあの頃

他人の意見には目もくれず
自己主張だけしたあの頃

ほのぼのとした初恋の虜になって
外の男を感じなくなったあの頃

高い目標を求めてさまよい
努力なくしてもがいていたあの頃

懐かしい高校時代である

（夏の日に）
木立の中の木洩れ日に
フッと感ずる安らぎを
耳やかましい　蟬の声

降り注ぐ太陽の
若さもエネルギーも
知らぬ乙女の淡き思い
木陰にて静とたわむる

君よ　何も考えるな

ただ歩け　君よ
君が迷わない心で
その道を進むことを
私は願う

（運命よ）
運命よ
あなたはなぜにこうも私を楽しくさせる
苦しみから生まれる精神力をやしなわせ
不幸から味わえる最低の喜びを教え
底抜けに楽観的な性格を与えた
時々は
無知な優越感をも私に与える
運命よ
どうしてこうも私に楽しいの

（渇望）

全てが白紙に戻ったような
信じるものは何もない
人の心なんてそんなものじゃない

もの哀しくはかないこの胸に
一筋の光がさしたら
私はじっと見つめて
おもむろに足を運ぼう

その光が私の足音で消えてしまわないように
そっと近付こう
その光に少しでも触れたら
私はそれを軽く握って
登っていこう

途中で決して切れないように
いたわりながらゆっくりと
光の入り口目指して伝わろう

真っ暗な辺りは何も見えずとも
私をかすかに照らすその光
何にも増して貴重なことを
私は信じて疑わない

（絶望）
何を求めて彷徨うの
十八の若さを背負ってこの道に
もうそんなに疲れたか

君は今

死を考えているの
このどうしようもない愚か者め

死にたい　長い人生よ
その長い道を　今すぐに
手繰り寄せよ　今ここに
来い　来い　人生の終わりさん
なんだ　すぐそこにあるではないか

怖くないの
分からない

（我が人生よ　　こうありたい）
走る　走る
なんの屈託もなく車は走る
アスファルトの道を

ずんずん走る

赤い車　青い車　黄色い車も
連なって走る
前の車がターンする
その支障で一時は停滞するけれど
またまた走るずんずんと

次は右に折れようか
周りをゆっくり見定めて
来るべきチャンスで軽やかに
すばやくアクセルを踏み込もう

ライトターンが終わったら
分岐路、三叉路なんでも来い
どんどん進めよ　私の車

目的の場所までずんずんと
迷わず走っていくのだよ

(あなたのために)
あなたのためにあんなにも祈った
雑念は起こすな
迷わない心で　その道を歩けと

笑い話にもならない
自分のことでさえコントロールできなかった
人生の岐路と思えた
決心は自分を半回転させた
もし　迷わない心で　このまま進めたら
何も思わずにいられたら
どんなに幸せだろう
感情はどんどん走る

肉体を残して走る

変えられぬ運命のレールに乗った今も
雑念は私を苦しめる

あの衝撃の風穴が
冷ややかに私を笑っている

君のその人は迷わずに
彼の道を進んでいるよと

（青春）
幼い頃
夢に見ていた　あの活力
想像及ばぬ　あの可能性

口幅ったいほどの　バラ色の人生
現実はいつも　非情だ
やるせない思い
やるせない悲しみ
やるせないはかなさ

孤独について

私はもっと深い孤独を味わうことになった。

書物を読むごとに、また先生の話を聞くたびに自分自身を再確認する。

ある人の「人生論」、それはあくまでもその人のもので、いくら私が共鳴しても、感動しても決して私のものではない。全く淋しいものである。

今日、短大の倫理の先生と対談した。先生の人生に耳を傾けた。

それはそれでいい。今の複雑な私を少しでも一本化したいと思って対談に臨んだ。できれば私を助けてもらいたくて。だが逆効果、私はもっと孤独になった。自分一人で前進するより他に道がないことを、もっと深く思い知らされた。理屈では分かっていたが、もっと真剣に知らされた。

神は私に少しの援助も授けてくれないのでしょうか。

私は一人で全てをやる運命に生まれついたのでしょう。何者をも恨みません。ただ勉強したいと思います。

そして私の哲学を私だけの力で作り上げます。師を求めることはしません。私は同志を求めたいと思います。それさえ許されないのでしょうか。

お願いです。同志をお与えください。

マリア様、私は孤独について、十八歳の時、このようなことを考えたのでした。

二十二歳の今、私の考える孤独とは幾分、様相を異にしているように思います。そうではあっても人間の孤独は皆同じものだと思います。高校時代、親友を失って味わった孤独は強い依頼心から生じたが、冒頭の孤独は人間存在を深めた孤独のようです。人間の孤独は打ち消すことができず、しかも根本は同じくするものです。それが文学的、哲学的価値観として相違があるように見えるのは、己をどこまで虚しくできたかによるのではないかと思うのです。

人は経験や知識によってある状態を孤独という言葉で表現するでしょう。

私は学生時代は、雑多な書物の影響で無理やり孤独の本体を追求したものです。

孤独を学ぶことが人生の第一歩であるという本を読んだことがあります。

私はこの意味するところを厳然と理解しているわけではありません。

青春時代は精神的に未熟で自己中心的であるため、自己を客観視することは難しい。孤独を口走る心も、真の悲しさや寂しさを味わっているかどうか疑わしいものです。だからと言って、それが孤独でないとは言いません。正真正銘の孤独でしょう。

けれども、青春時代は想像及ばぬ夢があり希望があります。

周りの全てを捨てても突進していこうとする情熱があります。

そんな時、人間は強くなります。

気付かない虚勢がたまらなく強いものに仕上げています。

若い頃は、自己評価して自分はこんなに弱いのだと言います。そのくせ、ある時は自分の能力を過信します。もっと突き詰めて考えると、自分は何よりも強いと思い、誰よりも賢いと信じているのです。しかしいつも動揺しています。

マリア様、私は二年間勤めた銀行を退職して、今、家に閉じこもっています。ただ一途に自分の求めるもののために、再出発の受験勉強をしています。

そうです、冒頭に記したように、大学の文学部で学ぶためです。

私は生来、人間好きだったのでしょうか。人恋しい日々を耐えています。

過去において、作り上げては解かざるを得なかった人間関係を恋しく、懐かしく思い出しては苦悶しています。知り合ったすべての人への未練が試練だと言い聞かせています。他人との交渉のない世界で、ただひたすら孤独にのたうっています。目的のためだとはいえ、人間の底から湧いてくる孤独に身も心も疲れ切っています。

学生時代はともかく、社会の中である業務を与えられ、自らのためだけでなく仕事に励んでいた頃は、毎日が平凡で単調であっても退屈しなかったのです。

世の全ての大人たちが、定められた運命のレールに乗って日々生活している姿、例えばサラリーマンの一日、八時間の労働も、それにより人生の退屈さをさほど感じさせないで一生を終えさせてしまうであろうことをよく感知できました。

私の月給生活も、単調な日々の中にちょっとした刺激を求めて、ある程度の満足を得て心を満たしていたものですから。それは仕事に対する情熱よりも、職場で協力して働く人間関係が心の支えでした。人と人との結びつきは、人間生活に大きな影響を及ぼすものです。人間とはお互いが淋しい、弱い人格の集まりだから、そこに対話があり笑顔がある時、人は何ものかに耐えていられるようです。

「人間の孤独を真に知ることは、人生を学ぶ第一歩だ」と私の読んだ本にはありましたが、現段階で私も頷かざるを得ません。

(孤独の唄)

とうとう私もひとりぼっちになってしまいました
その気弱で情けないこと、語り尽くせません
虚勢を張って生きている時の刺激は、たまらなく人を強くします
自分一人のために生きることはなんと淋しいことでしょうか
他人の重荷になったり、他人の救世主になったりしている時の
情けの交流はなんと生き甲斐でしょうか

この苦悩に耐えなければ春は来ません
分かっているのです
今挫けたら永遠に春を迎えないでしょう

世の人々よ
暖かい春を迎えたら　大いに語ろう
人間はなんと素晴らしい生き甲斐だと

誰も憎まず　罵らず
お互いに愛し合おうじゃないか

文学について

私が過去に信じてきたもう一つのものとは「文学」です。

先にその一つは「初恋の人」と書きました。これはもう気付いているのですが、自分自身のことだったのです。自分の執着から抜け出せなかっただけなのです。

さて、私が文学に興味を抱いたのは中学生の頃です。その当時もやはり私は、小説家になりたいと思っていたようです。しかしそれを口外することは、非常に恥ずかしいことに思っていました。なぜなら、小説家や文学者というものは、独特の才能が必要であることを知っていたからでしょうか。

それに幼い頃は、自ら自分の道を求めて生きているようで、周囲の影響が大きいものです。私も全く錯覚して生きてきたように思えます。

両親や親戚は私の能力を過大視して、私にくだらない自信や優越感を与えていたように思います。それは単に学業成績に由来していました。

何事にも積極的で負けず嫌いな私は、全ての思考は自分の才能だと考え、何事かを大成しなければいけないように追い詰められていたかもしれません。

そんな時代を経ても「文学」への憧れは日々募りました。しかしある種のコンプレックスと両親への忠誠で、こうした思いを口外出来ませんでした。

そして両親の離婚と学業への挫折が重なって、私は身の丈に合う居場所を求めて進学し、就職したのです。この時、私が新たに抱いた欲望は容姿端麗になることだったでしょうか。この要素は世間の荒波を大波にくらいには軽減してくれます。

私は社会に出てからも、機会があれば人生をやり直したいと思っていました。

東京に出て「文学」をやりたいという一途な想いは消えませんでした。

母に相談すると、「お前はお父さんの血を継いでいるんだね。お母さんは止めないけど、今後は何の援助もしないからね」と言いました。

母は経済的に苦労しながら、私を短大まで行かせてくれたのです。良縁に恵まれるように花嫁道具として考えていたのかもしれません。だからこの返答は当然でした。

私は密かに決心しました。ひとりで夢に向かって進もう。大学の文学部で学ぼうと。そして先の孤独な二十二歳の受験生活になった。

しかし私には文才もなければ、小説家になるための手技、手法も分かりません。うちから湧いてくる創造力もありません。過去に小説まがいのものを何度か書きましたが、自分でも無能だと分かりました。なのに、何事も努力あるのみと楽観していました。だから、自分の文章を他人に読まれることが嫌でした。磨き上げる前の素材を他人に晒して劣等感を味わうことを避けたかった。大学で学んで、無理やりでも才能を見いだすことが秘められた課題だった。

何故、そんなに小説が書きたかったのでしょうか。仮にそうなれたとしても、私の心が満たされる保証はなかった。

私は自らが、何事からも逃避する手段なのかもしれないと思ったりします。

野望

古代、ローマを支配したジュリアス・シーザーはクレオパトラを愛したことで国を滅ぼしました。

また、一国の王位を捨てても愛する人と生きることを選んだ国王もいました。


私は征服のために全てを捨てる勇気をこの上なく愛しておりました。

しかし、全てを捨てても愛に生きた人を知って動揺します。

私には、捨てるものは「野望」しかありません。

「野望」のために、あらゆる生き甲斐を捨てなければなりませんでした。

自己の人間性を捨てること、これに尽きるのかもしれません。そしてそれが生き甲斐の全てとも言えます。

私はこれまで、それを簡単に捨て去ってきました。

今は空虚が残ります。栄光に通じる道はそれのみだと信じたのです。

悲しいことではないですか。

「野望」のため、良い人を見過ごしてきたり、友達を失ったり、自己の性格をいびつにしたりしました。こんな淋しいことはないと思います。

どうして両立できなかったのか悔しく思います。

しかし今、私は何に目覚めたとしても、この「野望」を捨てることが出来るでしょうか。


いいえ、出来ない気がします。

先人がそうであったように、私も真実の愛を受けたらそれに従うでしょう。

今なら、そう答えます。

過去においてはやはり意固地で何も受け付けなかったでしょう。

いや、私はやはり、「野望」の道を選ぶような気がする。

やらなければ直らない気がする。

何故でしょうか。

私にはやはり選ばれた道のような気がするのです。


マリア様、私が全てをかけた第二の人生に結果が出ました。

冒頭の某大学文学部、不合格通知です。

絶望を味わった私は、これを飛躍の段階としか言い表せなかったのです。

思えば、私にとって最も価値のあったものは「文学」でしかありませんでした。

それさえ、茶番でしかなかったのを思い知らされたのです。

今、何を信じて生きていけばいいのでしょうか。

聖書について

私はこれまで、人間の真実や心の安定を求めて止まない時も、決して脳裏をかすめる事さえなかった聖書について書いておきたいと思います。

私はあるきっかけで、ごく最近、聖書に興味を持ち始めました。一般家庭の奥さんが伝道して歩いているのですが、たまたま我が家にも寄って下さったのが、事の始まりです。

私はまだその組織のことを知りませんが、聖書の真理を共に学ぼうというのが趣旨らしいのです。

私はまず、教養として身につけるのも悪くないと考えました。誠に利己的で服飾品かなんかのような感覚だったのでしょう。

ところがその伝道師は「今の世の中は間近いうちに終わる」と言われました。邪悪が栄える世は、神によって滅ぼされ、真理を求める人が生き残ると言われるのです。まさに私が待ち望んでいたものではないでしょうか。

貧困、暴力、執着、あらゆる邪悪が一掃され、誠実、寛大、真実なる善だけが存在する社会はなんと素晴らしいことでしょう。

人間が何万年も待ち望んでいたものではないでしょうか。

そのような話を聞きながら、私はちっぽけな自分が力の限り社会に挑戦している姿が哀れでなりませんでした。そして心の底をのぞいてみると、たったひとり自分のことだけ、自分の利益だけに執着している自分が情けなくなりました。

現実の社会で生きていくためには当然で、仕方のないことだと誰もが言うかもしれません。

だが私は、聖書のこの言葉を信じていたいのです。

滅びに至る門は大きくてその道は広く、そこを通っていく者が多い……。

他方、命に至る門は狭く、その道は細い。そしてそれを見出しているものは少ない。

私は現実社会の教養を受けるよりは、神の教義を受けたいと思いました。

人間の心理について悩まされた学生時代、解決の糸口さえ見出せなかったことが、聖書をただ信じているだけで心の安定に繋がるような気がしました。

しかし今も、過去に感じたことと同じように、現実は非情です。富や名誉や地位に少なからず動揺させられます。そういう執着を捨て切って、神を信じ切っていられるか、今の私には課題です。

ただ、神は、人間が求めて止まない真実を、太古の昔から知っていらっしゃったということを知って、私は非常に安心しました。

マリア様、私は常に反省しなければなりません。

私が青春期に苦悩し求めていたものと、神の御心は一致しているのでしょうか。

東京に行く

私の最終決断を聞いた母は、密かに涙を流していました。

私は動揺しました。この母を悲しませてもいいのだろうか。

東京には二度行きました。

(東京のこと)
東京はなんと大きいところでしょう
なんと冷たいところでしょう

このマンモス都市に生きる人々は
何を考え、何をしているのでしょう
自らのみに生きる
そんな言葉を言わせる
そこには憧れの全てがある

右にも左にも
人間の欲望を満たすあらゆるものが存在する
なんと素晴らしいところでしょう
なんと恐ろしいところでしょう

一日だって過ごせないような気がしました
人間の血は通っていますか
私は信じています
しかしそうでないと言う人もいます
何故、同じ人間ではないですか
心は通じ合います
真心はどこでも泣かされます

大都会でそれを探求します

（東京で考えたこと）


母の思いを振り切って東京行きを決心し、約一週間、東京で目まぐるしく過ごした。過去に私の心に宿って離れなかったものを、この手に入れるべく、その時を迎えています。

東京を歩きました。新聞を読みました。東京の人と話しました。

東京にあるものを見ました。こんなに表しきれないほど雑多なものが存在する中で、私はただ一つのものに恋い焦がれてきたのです。それも価値あるものか、将来性のあるものか分からないままに、強い憧れにしか過ぎませんでした。

でもそれが私の全てだった。最高の価値であった。

ところがどうでしょう。疑問を抱くこと数百回。

果たして自分が求めていたものに、どれほどの価値があり、東京で住み、学ぶことにどれほどの意味があるのだろうかと。

けれどもそれ以外に価値を見出すことができない。かといってそれに全てをかけるのも疑問である。何が価値があり、尊ばれるのか、どんな人間が敬われ、賞賛されるのか、私は分からない。


私は一週間の滞在であまりにも多くを考えさせられ、そして失望した。

今は一種のパニック状態である。どうしたらいいのか非常に迷う。

しかし過去、冷静だった頃に考え、計画していたことをそのままに実行しよう。だから葛藤が絶えない。


現在、人生への価値はゼロに等しい。

自殺を本気で考えられる。本当に疲れた。

マリア様、私はこんなに煩悶しております。

しかし憧れの東京で暮らす決心は変わりません。

若さゆえの偉業、いや暴挙です。引き返せません。

執着です。私は執着の強い人間です。自己を無にすべく、洗いざらいをぶちまけて、一つの段階を越えようとしました。

ある意味、それは達成したかもしれません。

でも持って生まれた執着は、私から去りません。

やはり、東京は好奇心がいっぱいです。

マリア様、これが青春でしょうか。

飛べ　青春
怖いものは何もない。

挫けて弱気になる自分が、怖いだけだ。


（了）

忘れえぬ人

今日の容子の言い草は、高慢ちきもいいところだ。

中野の高級マンションに独り住まいしている容子は、昼過ぎに変に改まってディナーに誘ってきた。リッチな容子が奢ってくれる事は珍しくない。けれども今日のお誘いは、底意地の悪い意図があったと思える。

容子は自分にとって友人なのか、管理職なのか君主なのか、美登利にはよくわからない。

二人は、共に二十九歳。

世間では女性の平均結婚年齢が二十四歳過ぎというから、もう薹が立っているのかもしれない。

容子は釜野美容外科、中野分院の受付嬢で、美登利はそこの看護師である。容子は院長の愛人で、分院ではお目付け役のような存在だ。彼女の気に入らない職員は簡単に首にしているし、給料についても決定権をもっているように見える。

院長は、隆鼻術や二重まぶたの形成が得意で、池袋の本院に常勤している。中野分院は人工毛を束ねた毛根を頭皮に植え付ける植毛専門のクリニックとして開設された。医者は某医科大学病院から日替わりで嘱託医が来る。院長は、月一、二回分院に来るが診療には関わらない。

二年前、美登利はこの分院が開設された時、新聞の求人広告を見て応募した。その少し前、一身上の重大な転機もあった。

このクリニックは勤務条件が揃っている。日勤だけで高給、通勤に便利、仕事内容が単調など。

美登利は亡き母の勧めで、岡山の看護短期大学を卒業して看護師免許を取得している。母一人子一人だったが、その母が卒業間際に突然逝去したため、文字通り天涯孤独の身だ。卒業後は、母の束縛から解かれたように上京。世間からは、自由奔放で怖いもの知らずのアマちゃんと言われるかもしれない。もともと文学に興味があり、文筆家になることが夢であったが、母の前に頓挫していた。

上京した翌年には、夜間大学の文学部、三年次に編入学。文学や哲学を学ぶことが、大きな夢への一歩だろうと考えた。夜学生時代は息つく暇のない日々を過ごしたが、単位を取得するたび、心が癒やされた。

やっと卒業できたとき、志望した出版社への就職が叶わず、しばらくは看護師免許を役立てることにして、病院勤めを始めた。しかし夜勤がハードで目的を見失いそうな自分に焦りを感じて、このクリニックに転職した。

クリニックの面接の日は、容子が受付にいてこぼれるような大きな目と明るくテキパキした所作が強く印象に残っている。

採用後、容子と良好な関係が築かれ、半年も経たないうちに主任を拝命。これは容子の推薦だった。同時採用の看護師は四人いたが、彼女の目にかなったのが美登利である。

容子は自分が院長の愛人であることを、美登利には早々に打ち明けた。中野駅前に聳え立つ高級マンションにも、知り合ってまもなく招待した。

広々とした間取りの住居は、洋室においてある大きなダブルベッドが目をひく以外、広い和室には調度品が少なく、整然として、生活臭もなく、美登利は高級ホテルのように感じた。

都会的で洗練された容子の私生活に圧倒され、ただ平凡な我が身を萎縮させた。容子から聞かされること、見るもの全てが手の届かない贅沢な生活に思えた。

長身で人目を引く華美な外見に比して、容子は気さくで人当たりがよかった。歯切れのよい言葉遣い、会話の妙を心得た応対、繊細でいて大胆な物腰、魅惑的な大きな目、優雅な立ち居振る舞いなども、美登利を羨望の虜にした。

容子は自分の身の上も、折にふれさりげなく話した。

元社長秘書でバツイチであること。結婚した相手が資産家で莫大な慰謝料をもらったので潤沢であること、父親は小学校の校長をしていることなどを言葉の端々にちりばめていた。気さくなふりを装って、出自や経歴を自慢していたのかもしれない。

田舎育ちで素朴な美登利は、今でもなお田舎のイントネーションが消えず飾りっ気もない。容子から見ると、それが都会ずれしていなくて御しやすかったのかもしれない。

彼女は院長と過ごすとき以外、寂しさを紛らわすため、理由を付けては美登利を買い物や食事に誘った。

そんな時は院長の奥方に対する嫉妬のような話が多い。それは愛人の立場であるやるせなさと苦しさにみえた。美登利はいつでも興味津々になんでも気安く聞いた。それは容子にとって慰めであり頼りでもあった。

美登利も気さくで親切な容子を信頼して、一身上のことを聞かれるまま何でも打ち明けた。

今日は連休の一日目。

院長は家族サービスのため一泊で箱根旅行に出掛けた。残された容子はことさら寂しい思いをしていた。普段の休日は、院長の接待ゴルフに同伴する事が多い。

「マンション近くに美味しい居酒屋を見つけたので奢るから出て来ない？」

昼過ぎに電話がきて、気軽に出かけて行った。

その居酒屋は、最近院長と訪れて気に入ったから、美登利にも紹介したかったと言った。

いつものように容子が話題の主導権をとった。

「院長の奥さんは私の事は気付いていないはず。私は奥さんの立場を脅かすような事はしたくないの」

いつものように、日陰の身であるスリルと嫉妬に揺れ動く微妙な立場の鬱憤ばらしをした。

容子は、常々、自分はもう結婚願望はない、一度経験したからいかず後家ではないし結婚はこりごりと、目前にいる未婚で年増の範疇にある美登利を揶揄するようなことも平気で言った。

結婚して渋谷の豪邸に暮らしていたが、相手が嫉妬心の強い男で外出禁止令が出ており、毎日屋敷の中で暇を持て余し、とうとう我慢の限界で離婚したと言った。

でも結婚は一度は経験するべきだと言い、そうする事で結婚に対するコンプレックスが消える、結婚できない女と結婚しない女は違うと持論を滔々と述べた。要するに、妾の身である自身の釈明と美登利に対する優越感の誇示だろうと思っていた。

居酒屋は小粋な風情で恋人同士がお酒を飲むのにぴったりの趣である。数日前容子は院長と仲睦まじい時を過ごしたのだと、美登利は羨ましい気持ちになった。

容子はいつものように屈託のない会話をしていたが唐突に言った。

「院長は、どこの馬の骨か解らないような女には興味ないのですって」

続けて言った。「それから色黒の女は嫌いだというの」

容子の目は半分笑っているが、半分小馬鹿にしていた。

美登利は二連発銃を浴びた心境になり、返事に窮した。

自分の身の上は聞かれるままに話している。

一人っ子だが両親は離婚しており母に育てられたこと、その母がくも膜下出血で突然亡くなり、今、実家は空き家になっていること、父との交流はまったくないことなど。これがどこの馬の骨かも解らない女ということだろう。

母は戦後、市内の総合病院に看護師として働いていたが、親の勧めで同じ集落の父と結婚したと聞いた。

父には両親がいなかったので、嫁姑問題が起こらないこと、近くに娘を置きたいという両親の希望にも叶っていたようである。父は村役場の職員だった。

しかし結婚生活で判明したのは、父の酒乱である。村の宴席などで意識不明に陥ってはあちらこちらで暴力沙汰を起こし始めた。母の両親は激怒して離婚を申しつけたが、父は平謝りしてそのたび母を繋ぎ止めようとした。普段の父は生真面目で借りてきた猫のような鷹揚な人だった。

しかし母は度重なる所業に愛想を尽かして離婚を決意、美登利が小学校一年生の時である。料理が上手で社交的で男勝りの母は、町に出て駅前に「おふくろの味食堂」を開店、生来面倒見がよく誰からも好かれる性格が功を奏して店は繁盛、美登利を育てるのに十分な収入を得ることができた。短期大学も卒業間近い冬の寒い日、その頼みの母があっけなくくも膜下出血で逝った。

美登利は心に風穴が空いたような日々を過ごしながらも、なんとか短大を卒業した。

色黒の女というのも自分のことだろう。子どもの時から地黒だった。可愛い服は似合わず、いつも地味な色合いの服を着せられた。年頃になって化粧でカバーできるようになったが色黒には違いない。容子は抜けるような色白のぽっちゃり肌をしている。色白は七難隠すと言われ美人の代名詞だ。しかし、今どうしてこんな話題になるのか、美登利はあれこれ推察しながら、「ふうん」と言って目を伏せた。

容子は美登利の反応を盗み見しながらとぼけた顔でさらに返答を待っている。

困惑して返事ができないのを見届けると、しめたという顔をした。それから何事もなかったように話題を変えた。

この話題はそれっきりになった。

容子は、突然意味深な言葉を発したり、機転を利かしたりと、天性の才覚を自在に操るので、美登利は彼女の手のひらで転がされているような感覚になる。

さっきの問答はなかったように陽気に振る舞っている容子に比べて、美登利の頭の中は不快感だけが増幅された。

ほろ酔い加減でアパートに帰ったものの、頭の中がもやもやする。要するに、容子は、院長はあなたのような魅力のない女には興味がないし、見向きもしていないと伝えたかったのだろう。何故、容子が、突然自分を恋敵のように扱うのか全く身に覚えがない。

容子は以前、本院の会計事務員をしている中年女性のことをこう言った。

「あの人、最近思い上がっているのよ。家庭内がゴタゴタしているから目をかけてあげていたのだけどね。院長に色目を使ったりしている。この前食事に誘ってお灸を据えてやった」

自分に対してもお灸を据えるつもりで呼び出して、奇想天外なことを告げたのだろうか。あれだけ侮辱しておいて、その後、何のわだかまりもないように陽気に振る舞い、美登利を持ち上げたり冗談を言って騒いだりし、たっぷりごちそうして飲ませようとした。お人好しの美登利は、容子につられて乗せられている自分が馬鹿みたいで惨めだった。容子の気に障ることを何かしたのだろうかと記憶をたぐってみるが、思い当たる節はない。

院長は五十代前半ロマンスグレーである。たまに分院に来たとき、看護師達と色気のある冗談を言う。看護師達は楽しみながら上手に聞き流す。美登利はまじめに答えることがある。冗談のお誘いでもまじめに断ってしまう。こんなところが自惚れと邪推されて憤慨しているのだろうか。

また、大学病院から来ている嘱託医が、院長の愛人はてっきり美登利だと誤解していた時期がある。

田舎者も少しは垢抜けてきた証拠かなと、自信を持ったことがあるが、こんな噂が容子の逆鱗に触れたのかもしれない。

酔いの回った頭であれこれ考え、容子の皮肉な言葉を思い出しては底なし沼に落ちて行くような気分になった。自分とは特別親しく付き合ってくれているのに、どこの馬の骨とも解らない女と思っているのだ。

美登利は結婚について、これまでは両親のいない自分でもお互いの気持ちが最優先であると楽観的に考えていた。親が気に入らないような男性とは付き合わないという女性は多い。美登利は親がいないからそういう基準を持てなかった。

二年前まで付き合っていた真木男は東京郊外に住み、父が大学教授、兄が准教授という格式ある家庭に育った。長く付き合っていても、自分の家族に紹介するのを渋ったのは、親なしの美登利とは家の格式が違うから一線を引いていたのかもしれない。しかし彼の存在は、天涯孤独の美登利を寂しさから救うのに充分だった。

二年くらい付き合った頃、車で迎えに来てくれた夜学の帰り、酔っ払いで信号無視の男の車に激突され、重傷を負って入院した。そのことがきっかけで、彼の家族に紹介され、それから彼の両親との交流が始まった。美登利は、彼の両親は美登利を気持ちよく受け入れてくれ、家族ぐるみの付き合いが続いた。美登利は、長引いた果てには結婚するものと思っていた。しかし別れが来た。

文学部の学友だった幸子は色白の美人で新潟の酒屋の娘だ。育ちの良さが滲み出ている。たまたま美登利のアパートに遊びに来ていたとき、彼と鉢合わせしたのが事の始まりだ。程なく彼は、美登利のアパートに来る頻度が減った。幸子に一目惚れをして、彼女のアパートに日参しているのだろうと推測していた。

美登利と付き合い始めた頃、自分のアパートに日参したことを思い出す。女に関しては小まめで一筋に思い詰めるようなところがある。

その上、女性に対する褒め言葉が妙を得ている。知り合った当初、美登利は彼の都会的な物腰と上手な褒め言葉に惹かれた。

「気取らないところがいい。染まらないところがいい」

彼はうまい表現をした。田舎者の美登利を全て受け入れてくれるような彼の包容力は居心地が良かったし心強かった。

幸子に対してもそのような手練手管で押しかけているのだろう。そのうち振られて帰ってくるだろう。いや、自分との関係の重厚さに気付くのではないかという自惚れもあった。なんとなく疎遠になってからも、社員旅行のお土産を持ってきたり、夕食に誘ってくれたりして、気のおけない交際が続いていた。

昨年の大晦日は会う約束をしていたのに、待ちぼうけを食って寂しい思いをしていると、元日の夕方に顔を出した。あらぬ疑惑を抱いていても、顔を見ると安心して、不信感も消し飛んでしまうのが、人のいい美登利の本性である。しかし、二日の朝、美登利が目覚めた時、彼はいなかった。

一昨年は、年末からずっと一緒に正月を過ごした。仕事疲れの印象は強かったが、二日に催された会社の新年会に送り出して、夜には酔っ払って帰ってきた。親密な日々だった。

今年は、二日の朝、目覚めたら二人で明治神宮に行こうと思っていたが、結局、一人でお参りした。

そして、今日、真木男は別れを告げにやって来た。

少し前、彼の母親から丁寧なお別れの手紙が届いていた。

美登利は、だんだんと顔を見せなくなった真木男は元気にしているだろうかと時々、自宅に電話していた。いつも留守だったが、母親から帰りが遅いことと元気にしている様子を聞いて安心していた。

ある日の電話で、彼が身体を壊して入院していると聞かされた。

「ええっ、それは大変ですね。私、お見舞いに行きます。どちらの病院でしょうか」

「あのう、お見舞いはちょっと。実はこちらの事情がありまして」

「えっ、どういうことでしょうか」

「はい、事情がちょっと。大変申し訳ございませんが、事情をお察しいただきたいと」

母親はたどたどしい言葉でしどろもどろになった。何がなんだか分からない美登利は、頭の中で様々な情景を想像した。彼には縁談の話が進んでいる。幸子だろう。幸子が付き添って、手厚い看護をしているのだ。自分が出る幕はない。彼の母はそう告げている。潔く引き下がるべきだ。突然の決別宣告にちがいない。受話器を持つ手が震えている。涙がこみ上げてくる。

「誠に手前勝手で。あなたには大変申し訳ないのですが」

母は、申し訳ないを連発した。美登利は電話口で真木男に代わって頭を下げ続けている母が哀れだった。

「いえ、私のことは大丈夫です。私のことは気にしないでくださいと、真木男さんにお伝えください」

涙を流しながら、毅然と答えた。

真木男は、知らないうちに他の女性と結婚の運びになっている。相手は幸子かどうかまったく分からない。会社関係かもしれない。考えてみれば、この一年間は、仕事のことも私生活もまったく話してくれなかった。それでも二人の関係は深いところで結び合っていると思っていた。お互いに仕事に精進している身であるから、試練の時であると。美登利は仕事の傍ら、文筆業を目指してせっせと独学していた。

真木男から精神的に独立しなくてはいけないと自身を鼓舞したり、疎遠のまま縁が切れても仕方ないと、最悪の場合を想定したりもした。けれども、楽天的な一面はやっぱり真木男とは将来を共にするだろうと考えていた。

母親の手紙には次のようなことが書かれていた。

不肖の息子のことは忘れてください。愚息には貴女のようなしっかり者は勿体無いです。愚息のことは忘れて、あなたは自分の道をしっかり歩いてください。また、中元や歳暮は以後、送らないでくださいという意味のことが添えられていた。

『なんだ、これは』

美登利は、二重にプライドを傷つけられるような気がした。

不肖の息子という表現の真意はわからない。幸子との関係についてか、仕事上のトラブルか、何か良からぬ事態が生じたのだろう。しかし本人が来るのよりも先に、決別状が届くのは一族からの拒絶だろうか。それとも母親のせめてもの心遣いだろうかと思いながら、今後は関係のない他人になってしまうという寂しい現実に慄いた。

結婚というものが家同士の結びつきであり、家柄が秤にかけられることなどはそれほど気にしていなかった。しかしこの手紙には、ぴしゃりと二人の前途を遮るものを感じた。そして失態を演じたかもしれない彼には家族の溢れる愛情が背後を守っている様子が窺われ、美登利は自分には守ってくれる身内など一人もいないという虚しさでいっぱいになった。

彼との別れは予測していたとはいえ、掛け替えのない家族を失うような喪失感の只中で時を過ごした。

久しぶりに顔を合わせた彼は開口一番、こう言った。

「少しずつ会わなくして、自然に解ってもらおうと思っていた」

美登利を気遣って、せめてもの思いやりを示していたというのか。足は遠退いていたが、仕事が忙しいからと言っていたのに。

「私には全く解らないのだけれども、何が起きたというの」

美登利は幸子のことを見て見ぬふりを通してきた。

幸子にはあれから連絡をしていない。その程度の付き合いだったし、真実を突きつけられるのが怖かったからかもしれない。

「まあ、とんでもない借金を作っちゃって」

真木男は気まずそうに萎れた顔でモゴモゴ言った。

借金の話は初耳だ。女に貢いだということかしら。今更聞いてもしようがないと思いながら、ことの顛末に興味がないこともない。

「借金って、会社関係で」

美登利は女に貢いだのとは言えない。変なプライドが邪魔をする。

「会社というか、まあ仕事の関係」

借金は仕事がらみという。それ以上は口を閉ざした。

「いくらなの、百万円くらい」

「いや」

「二百万？」

「もっと」

「えー、五百万？」

「うーん、そのくらい」

小声で肯定した。

どうしてそんな高額の借金ができるのか、女に入れあげた末、サラ金に手を出しただけなのだろうか。しかし聞いても真実は言わないだろう。美登利は言葉に窮した。


真木男は家族のなかでいつも優秀な兄と比べられ、忸怩たる思いをしていた。負けん気の強い彼は家族を見返したいという思いが強かった。

大学に在学中、起業熱にかられて仲間とおもちゃ会社を起こした。

経営は順調だったそうだが、仲間割れを起こして一人で飛び出し、その後、物流会社に就職して、脂が乗ってきた頃だ。

美登利は長年の情にかられて、その借金をなんとかしてあげられないものかと思った。僅かだが母の遺産がある。天涯孤独の身の上を支えている。

付き合い始めて一年が過ぎた頃、真木男はそれまで使っていた営業車が使えなくなり、自分の車を欲しがっていた。ある日、美登利を連れてディーラーに行き、二人で乗るための車だと言ってその必要性を説いた。余裕のある美登利が結局、その軍資金を出した。軽のワゴン車にしたので値は張らなかった。確かに自家用車のある生活は便利で通学の送迎にも便宜を図ってもらえた。

今、また母の遺産で真木男の借金の肩代わりをしようとしている自分が可笑しかった。彼に心酔しているわけでも、惚れ抜いているわけでもない。大金を融通する理由が解らない。憐れみ、同情、繋ぎ止める手段。そのどれでもない。底抜けにお人好しで間抜けな性格としか言えない。

「大変なことになっているのね」

美登利はそう言うしかなかった。

沈黙があって、真木男が小声で言った。

「僕とは合わないよ」

えっ、どういう意味なの。今さら、合わないってなんなの。六年も付き合って。他に好きな人ができたための口実。ていのいい断り文句、私に飽きたという遠回しの言い分。美登利は言葉にできない言葉を頭の中で反芻した。

「でも、君は僕にとって強運の女神のような存在だった。疎遠になってから僕の運気は坂道を転がるようにみるみる落下した」

彼はいつもの少しおどけたような、親しみのある口調で言った。

自分との縁を捨て難いと思ってくれているのかしら、美登利は心が和んだ。そう言えば、この人はいつもちょっとした長所を見つけては大げさに褒め上げ、勇気を与えてくれた。料理を作ったら大喜びで食べてくれ、心をくすぐるような褒め言葉をくれた。美登利は彼の話術に乗せられ心を強く保ってこられたと思う。

「私と付き合っているときに、何かいいことあったの」

「ああ、次々、運が向いてきた」

「そうだったの、知らなかった。じゃあ、親が反対なの」

好きな人ができたからなのとは、聞きたくない。

「いや、母親はむしろ君のことを評価している」

美登利はホッとした。よかった、嘘でも。でも真木男は終わりを告げに来ている。

「君もそう思っているのだろう。僕とは合わないと」

真木男は小声で言った。

美登利は自分にきいた。自分の心がわからない。合う、合わないなどと考えたことはない。合わせようともしていなかった。自然体だった。底抜けに鈍感。空気のような存在で、いつでも会いたいときに一緒に居られる相手だと思っていた。彼は天衣無縫な美登利に無理に合わせていたというのか。

ただ、どうしてもっと早く言ってくれなかったの、どうして今なの。恨み言が充満する。しかし何も言えない。

負い目がある。二年前だ。美登利は他に好きな人ができた。

あの時、真木男の存在は自分を見守ってくれる母のように感じていた。真木男がいるから安心してスリルを楽しめた。自分勝手な解釈だ。

結局、一悶着があって、美登利のほのかな恋は頓挫した。あの時、真木男がきっぱり別れてくれていれば今の地獄はなかった。

恋人以外の人に心を奪われるということが、いかに制御不能なものか、美登利は身を以て体験している。だから、今、真木男が他の女と恋愛関係であっても責めることはできない。

真木男は、この時を待っていたかもしれない。俺はいつかこの女を捨ててやる。あの屈辱を忘れない。この女は、この決別にどういう反応をするだろうか。口汚く非難するだろうか、泣きわめくだろうか、未練がましく縋り付くだろうか。そんなことを考えているのかもしれない。

無言の時が過ぎる。

美登利はプライドにかけて醜態を演じたくない。恨み言の一つや二つも言いたいが、やぶ蛇になる。原因は自分が作ったかもしれない。

「まあ、白紙に戻して、しばらく頑張ってみる」

真木男が、終止符を打った。

別れ話の場合、双方が納得すれば余計な会話は必要ない。それぞれが現実を認識するだけだ。これが自由恋愛の究極の別れというものなのだろう。

今回のことは、自分が加害者でない分、心の痛みがない。結婚は長い人生を二人で生き抜くことだ。強い意志と決意がなければ途中で頓挫する。心が離れた人を追い求めるほど執着はない。本当の理由は何であれ、こうしてけじめを付けに来た真木男を評価するべきかもしれない。

結局、お互いは何に惹かれてここまで引きずってきたのだろうか。

美登利にとって彼の存在は母のようで心強かった。

「じゃ、元気で」

真木男は未練なく帰っていった。

もう二度と会うことはない。肉親を失ったような寂しさに沈んだ。もう別れはこりごりなのに。父と別れて、母と別れて、今また恋人との別れを体験している。この苦悩に耐えられるだろうか。

その上なんとも言えない自己嫌悪が募る。自分が否定されたという自己嫌悪だ。彼とは紆余曲折があった。けれども詰まるところこんな男と長く付き合ってきた自分を嘲笑うべきかもしれない。しかし美登利にはその余裕がなかった。

真木男にとっても、この結末は将来にわたって、自責の念に苦しむことになるかもしれないと気付く余裕はなかっただろう。

自分は真木男との結婚を本気で望んでいただろうか、身内のような、母のような存在という以上の何者でもなかったかもしれないと思う。

結婚の実態は何も解らない。母娘の生活しか知らない彼女は夫婦の在り方が解らない。母は女手一つで家庭を守っていた。夫婦で助け合い築いていく家族のお手本はなかった。真木男は立派な両親を見て育ち、理想の夫婦を夢に描いていたのだろう。

「僕とは合わない」

それは彼が抱いている理想の結婚生活は、美登利とは営めないという意志表示だ。家族や夫婦の在り方に無頓着で、直感的な生き方を良しとし、感性で生きてきた美登利を奈落に落としてしまう妙を得た一言だった。

その後、心機一転を願ってこのクリニックに転職した。

今、容子の仕打ちを思うと、基本的に親がいなくて天涯孤独の女が辿る道だったかもしれないと心が沈む。


ひと月も経たない頃、容子が珍しくアパートに遊びに来た。

唐突に、「今から行く」と電話があってすぐに来た。

容子は、自分が奢るから出前そばを食べようという。早速そば屋に電話した。

急に遊びに来た理由を色々言い訳がましく言うが、美登利には何がなんだか解らない。

自分のアパートを体よく視察に来たのかなと思う。容子の高級マンションとは雲泥の差がある。庶民の生活を覗き見したかったのかも。

そばを食べ終わった頃、電話がかかってきた。

院長だった。容子が来ているのを知って急用か？　脇で容子がしきりに手を横に振っている。彼女がいる事を院長に知らせてはいけないとサインを送っている。院長は容子が来ている事を承知しているわけではないらしい。偶然にしては奇妙な話だ。

「美登利さん、あなたは辞めてもらってもいいと思っています」

唐突に、院長が言った。

「えっ、どういうことですか」

首切りの宣告なのかしら、頭が混乱した。

「いやあ、他を探すとか」

「辞めろということですか」

「明日からでも、来なくていいですよ」

「あのう、理由が解りませんが」

美登利はしどろもどろになった。

「いやあ、うちで働いてもらわなくても」

院長の口調は歯切れが悪い。

容子に視線を向けると心配そうな顔をしている。が、助けを求めるわけにいかない。

沈黙したままでいると、「では切りますよ」と言って、電話は切れた。

美登利は、何がなんだか分からない。

「院長先生から、辞めてくださいと言われたのよ。意味が分からないけど。院長はあなたがここに来ていることは知らないの」

「今日は、別行動だから、知らないわよ。でも院長先生、何て言ったの。へんねえ」

「他を探して下さいとか、もう仕事に来なくていいとか」

「そんなことを。院長先生どうしたのかしら」

容子は困惑しているような素振りをした。そのくせしめたというような意味深な顔をしている。

「私、院長先生と話してみるから」

美登利は、首をひねりながら、この件は容子が何とかするだろう、なにせ院長は容子の手のひらで転がされているように見えるからと思った。

容子は、そのあと急用を思いついたと言って急いで帰った。

一連の慌ただしい騒動を振り返って、容子は何をしに来たのだろうか。院長をそそのかして美登利に電話を入れるように仕向けた。電話中の反応を自分の目で確かめるため、急いでアパートに来た。自分の考えたストーリーが、目の前で展開されるのをみてほくそ笑んでいた。こういうことだったのだろう。

小賢しい芝居をして、目的は何なのだ。

美登利は主任としての責務に忠実だが、その姿勢は自信過剰に見えたり、傲慢に見えたりするのかもしれない。そういうところが容子の気に障ったのだろうか。普段は職務に忠実であることを評価してくれている。

美登利は美人ではないがコケティッシュなところがある。しかしチャーミングで鼻筋が通って都会的な容子がライバル視する相手ではない。

自分の何が、容子の女の性に触れたのだろうか。あなたと私は育ちが違うし、美貌も違うのよ、とばかりに繰り返し滑稽な猿芝居をしているように見える。

これは仕事がらみでも色恋に関する仕打ちでもない。他の看護師より高給で優遇されていることへの戒めだろうか。

以前に、年配看護師が給料の件で不満を持っているのを察知して、容子は体よく追い出したことがある。その看護師は、世間慣れしていたので容子の神経を逆撫でするようなことを慇懃無礼に言った。年配看護師の給料アップの交渉は、渡りに船というなりゆきであった。

あれこれ邪推の虜になっていると、エキセントリックな親友との出来事を思い出す。能天気な美登利には、あれも衝撃だった。

藍子とは家が近くて、小中学、高校が一緒だった。

大学進学に際して藍子は東京の薬科大学に進学。美登利は母の勧めで県内の短期大学看護学部に進んだ。一人でも食べていけるように手に職をつけておきなさいと言うのが、母の口癖だった。

しかし母を亡くして、もともと希薄だった看護に対する興味はどんどん失われていった。これからたった一人、どのように生きていったらいいのか思案しつつ、何者にも束縛のない身であることも自覚すると、かねてからの願望がむくむくと頭をもたげてきた。

「もう一度、やり直したい。東京へ行って勉強したい」

こういう思いに拍車をかけ、望みを託そうと決めたのは藍子の存在である。

藍子は大学の休みに時々帰省した。

美登利は自分から求めて藍子に会った。東京の話を聞くのがこの上なく楽しかった。全国的に学生運動が波及しており、彼女はそうした話を得意満面でした。

挑戦的に意見を求められたりしたが、ただ彼女の口吻に見入るばかりだった。旺盛な問題意識、分析的理論、確固たる意見等に圧倒された。さすが東京の学生だと感心した。対等でいられるのは「東京へ行きたい」という執念だけだった。それが藍子との間に見えない糸となってつながっていたと思う。

「そんなふうに考えているのなら東京へ来て、もまれた方がいい」

藍子はそう言った。しかしそれは上京願望を激励したのではなく、世間知らずを嘲笑したのかもしれなかった。しかし彼女を当てにした。

卒業後すぐに上京するには問題があった。店舗や住居の後始末などで一年間は地元で暮らした。その間、美登利は二、三度上京。その都度、藍子にはお世話になった。彼女は親切に動いてくれたが時々辛辣なことも言った。美登利は出版社に就職したくて、二、三社受験したがどこも応募者でいっぱいだった。

「看護学専攻じゃ、私なんかダメだろうね」

不安げに聞いた。

「そうよ。そんなに甘くないわよ」

藍子は容赦なく一撃を食らわした。

悔しかったが予言通り次々と不合格になった。言葉にできないくらい落胆して現実の厳しさを初端から味わった。

美登利は生来文章を書くのが好きで将来は文筆家になりたいと思っている。しかしどういうコースを歩めばよいか解らず、とりあえず出版社に身を置いて夜学に通いながらチャンスを待とうという漠然とした考えがあった。

大学を卒業する藍子は、田舎に帰ろうかどうしようか迷っていたが、東京に未練があるから、都内の製薬会社に就職を決めたと言った。美登利にとっては心強い知らせだ。

上京してから、美登利は諦めないで求職活動をした。

アイラ出版社は児童書を出版している中規模の会社だ。面接したとき、いい感触はなかったのに、なぜか内定通知が届いた。待遇も良くないし仕事も事務職だったので気に入らなかったものの、やっと本望を遂げた思いでまずは喜んだ。編集部に入りたかったが、高嶺の花だった。事務職で雇ってもらえるのは、そろばんが出来たからである。

美登利はさっそく藍子を訪ねて行った。今までお世話になったお礼もかねて、精一杯の感謝を込め、名物の高級菓子折りを持参した。

藍子のアパートは巣鴨にある。キッチンとトイレが共用になっている共同住宅で、建物は新しくて清潔だった。女性専用なので安全面も安心だ。

この訪問には大きな目的があった。アイラ出版社に入社するにあたり保証人の依頼をしようと思っていたのだ。以前「もし東京で就職するなら、知り合いもいないだろうから、もっぱら私が保証人になるというわけね」と冗談半分に胸を張って威張って見せたりしていたので、この件は彼女に頼もうと簡単に決めていた。

藍子は出版社の内定を我が事のように喜んでくれたが、保証人については苦い顔をして渋った。

「私は他人の保証人になる力はない。自分の生活もやっていけるかどうか解らない状態なの」

困りきった顔をしている。

「あなたに迷惑をかける事はしないわ。形式的なものだと思うけど」

「薬剤師の国家試験も受かるかどうか解らないし」

藍子は前途洋々なはずなのに気弱な言い方をした。

「えーっ、そういう心配事があるの。でも合格とは関係ないと思うけど。私、他に頼る人がいない。どうしようか」

「それに、ずっと東京に居ないかもしれないから」

藍子は思い詰めた顔で、次々に断る理由を並べた。いつもの毅然とした態度や茶目っ気のあるそぶりは見られない。保証人という重荷を背負いたくないと断っている彼女に、美登利は自分のことだけ考えて酷く強引に頼み込んだ。藍子は終始申し訳なさそうだった。

手作りのおでんをご馳走になりながら、一旦、保証人のことは横に置いて、彼女の職場の話を聞いて時間を過ごした。

彼女は新入社員として張り詰めた日々を送っていた。

美登利は結局、保証人については諦めねばならないことを悟った。

帰途、豪勢な手みやげを持って行ったことを恨めしく思いながら、えも言われぬ挫折感で打ちのめされた。

他に都内に在住する知人はいない。藍子に対する恨み、辛みが募った。これは無理難題だったのだろうか。お互いの立場や認識が違ったのだろうかと考え続けた。

結局、東大病院に就職している短大の先輩に快く承諾をしてもらえ、無事に就職できた。アイラ出版社では、事務員として伝票整理と帳簿付けの単調な仕事に携わり、華やかな編集部を恨めしい気持ちで眺める毎日を送っていた。

藍子に対する辛い感情が薄れていたある日、突然、電話がきた。二カ月ぶりだった。一瞬気まずさが去来したが、さすがにうれしさの方が勝った。

藍子は出し抜けに言った。

「国家試験、受かったのよ。安心したわ」

明るい嬉しそうな声が伝わってくる。

「あんなに心配していたのに良かったわね」美登利は複雑な心境で付け加えた。「保証人の件、やってくれても良かったわけね」

「それでね、前のアパートは引っ越して、今住み込みで働いているの」

藍子は意外なことを言った。

「住み込みって」

「前の会社、勤めがきつくて身体に無理がきたの。今は養生もかねて縁故の内科医院で診療の手伝いをしているのよ」

「内科医院って、薬剤師の仕事ではないの」

要領を得ない話で納得できない。

藍子は身辺の変化を淡々と語った。

彼女は中肉中背で色白。北欧系の美人、線が細い印象があり、目元口元の聡明さを除けば病弱にも見える。「身体が弱い」と本人から何度か聞かされた事がある。けれども高校時代に目立った病欠はなかった。だから自信たっぷりに理論を披露する強靭な精神の方が印象に残っている。その上、頭が良くて美人だから、時には高慢にもみえる。そんなプライドの持ち主が、何故住み込みのお手伝いさんのような仕事をしているのか、不可解だ。

「何はともあれ、身体が資本だからね」

美登利は納得できないまま答えた。

藍子の話はさらに内科医院の内情に及び、住み込み従業員である立場の理不尽さも加えて嘆いた。

院長が気にいらない仕事をすると陰険にいびられる事、診察室の準備や後片付けが大変な事、住まいではお手伝いさんのようなことも強要され、時間が拘束されていること、大奥様が私的生活にまで口出しする事など、不満話は続いた。

美登利は聴きながら昔の丁稚奉公の現代版のような錯覚に落ちた。

「どうして、そんなところで我慢しなければならないの」

「あそこは遠縁にあたるところで、知り合いの紹介なの。世間体と意地で逃げ出すわけにはいかないの」

「そういうものなの、世間って」

美登利はそのような世間がわからない。天涯孤独で自由奔放を由としている身だ。

「苦労すると、後で身に付くかも」

どう答えていいか分からず付け加えた。

藍子からは、その後頻繁に電話がかかってきた。不満のはけ口を求めているようだった。

早い冬の足音を聞いた頃、今までと違う電話があった。

「来月、田舎に帰ることにしたの」

「ええっ、全面的に帰ってしまうということ」

美登利は、東京から彼女を失う寂寞とした感情を抑えられない。

「今、帰ってしまうのは不本意だけど。田舎ではいい働き口もないだろうし。私も東京が性に合っているの。でも父親がこのところめっきり弱り込んでいるから、放っておけないの」

いつものように説得調だった。

藍子の実家は薬局を営んでいる。家業を手助けしなければならない状況なのだろう。美登利は自分が引き留められるわけがないことを悟った。

ひと月経って、とうとう藍子が帰ってしまう日が来た。

東京駅に見送りに行った。約束の時間ちょうどに、藍子は同僚の看護師、静子と荷物を分かち合いながら前から歩いて来た。美登利は静子とは初対面であったが、藍子の同僚ということですぐに親近感を抱いた。

藍子は無理に笑顔を作ろうとしているが、心なしか引きつって見える。美登利は静子の分も入場券を買い、藍子の荷物を一個預かって、三人でプラットホームに向かった。人混みは疎らだった。

「あーら、荷物持ちをさせてしまって、私、何様って感じじねえ」

藍子が突然持ち前の戯けた仕草で胸を張ってみせた。

彼女は今までの苦しい環境から解放される喜びに満ちている。

美登利はしゃべりたい事がいっぱいあるのに、なにもしゃべれないもどかしさを感じる。

「寂しくなるなあ。手紙ちょうだいね」そう言うのが精一杯だ。

新幹線に乗り込む藍子の後ろ姿は、東京に後ろ髪を引かれるように見えた。

藍子を見送った後、静子をお茶に誘った。

彼女は快く応じた。職業人として生真面目な印象だ。もの静かで控えめに見えた。会話に事欠くかもしれないと思ったが、藍子を失った寂しさもあり、関係のある人と少しでも長く一緒に居たかった。

正午前だが、地下の喫茶店は盛況である。煙っぽい、薄暗い喫茶店で、二人はほっと肩の荷を下ろすような仕草で腰掛けた。

静子は意外にリラックスしていた。とりとめもない事を話していたが、美登利は話題を変えた。いつも見事な理論武装をしていた藍子の素顔を覗いてみたいと思った。こうして静子と話してみると彼女は気さくで率直だ。

「ところで、内科医院は随分ひどいところのように聞いたけど」

まだ勤めている人を前に、美登利は躊躇しながら、遠慮がちに聞いた。

「どんなふうに聞いているの。だいたいは想像つくけど」

静子はそう言って、ひと呼吸おいた。

「私は通勤だから勤務以外の事は解らないけど、私にも随分愚痴をこぼしていた。彼女、強迫観念を抱いているみたいだった」

強迫観念とはうまいことを言うものだ。これまでの話を総合して、内心違和感を持っていたが、ズバリ表現できなかった事を、静子はさらりと言ってのけたと感じた。

彼女は、事態を客観的に分析している。藍子の話を、ある面は肯定したが、やはり強迫観念が強いと言った。

そして藍子の強引な論法に、いつもタジタジとさせられたと述懐した。

藍子は何かに追い詰められていたように思える。

「今度、実家に帰るのも、一カ月くらい前に急に騒ぎだしたの。院長や大奥様が帰省を妨害していると言っていた」

美登利もそのように聞いている。次の人が決まらないと医院が困るので許可できないと言われていると。

「でも田舎の父親が急病なら仕方ないのでは」

美登利は藍子を支持した。

「本人はそう言っているけど、お父さんは前から身体が弱かったらしい。急に帰る必要はなかったのよ。大奥様がそう言っていた」

「じゃあ、どういうことだったの」

「秋の国家試験に受かったからでしょ。発表があった直後から騒ぎだしたから」

「秋の国家試験って、春に受かったんじゃないの？」

国試は春秋、二回ある。春に落ちた者は秋に懸ける。

「春は落ちたの。だからその勉強をするために縁故を頼って、住み込みになったのよ。それに、前の会社は免許がないからいられなかったのね」

静子は、淡々と事情を説明した。それは同情でも哀れみでもなく、短い期間を一緒に過ごした同僚の苦境を冷静に受け止めていた。

聞く事、知る事が全く初耳である。美登利は何と答えていいか解らない。

「そうだったの。私はそのように聞いていなかった」

「きっと、あなたには話せなかったのよ」

「身体を壊したから、縁故を頼って住み込みの仕事をしていると言っていたけど、とっても不思議だったの。そういうことなら納得できる」

美登利は、こうした藍子の奇怪なエピソードを理解できない。こういう猿芝居を、親しい友人にことも無げに演じてみせるのも女の習性なのかと思う。

院長からの電話騒動の後、事態は何事もなかったように過ぎて、美登利は普段通り分院で主任の仕事に集中していた。

容子もあれ以来、あの件について何も言わなかった。狐につままれた心境だったが、二人の関係をつぶさに知っているので、あの件がお流れになった事は察知できた。

容子は以前のように、ある時は威厳を示し、ある時は親友のごとく慣れ親しんだ態度で美登利に接した。

容子に感化され、美登利は高級マンションは無理でも、ワンルームマンションなら手が届きそうだったので、適当なマンションを探していた。ちょうど手頃なマンションが見つかり、引っ越して、まもなくの頃。

夜、帰宅してシャワーを浴び、ゆっくり食事を終えた時、容子から電話がきた。

「大変な事が起きたのよ。本院で、経理の和夫が売上金を横領して逃げたの。五千万くらい消えていたようなの」

容子の声は切羽詰まっている。

「横領？　それは大変じゃないの」

「和夫の行方が分からないのよ。奥さんの所にはしばらく帰っていないようなの」

「お金を持って行方をくらましているってこと？」

「あなたの所に来なかったかしら」

「ええっ、どうして私の所にくるの？」

「いや、かくまってくれとか、なんとか言ってさ」

容子は嫌みな言い方をした。

「私の所に来るはずないじゃない。しばらく顔を見ていないし」

和夫は本院で経理を担当しており、会計士の資格もある。分院にも経理の仕事で来る事があるが、美登利にはいつも気安く声をかけてきて、お茶に誘われることもあった。

「私、動転して駆け回っていたけど、疲れ果てたわ。あなたの所で少し休ませてもらってもいいかしら。今から行くわね」

容子は有無を言わせない言い方をした。

「今から？　バスで来るの。来てもいいけど、時間が遅いわね。バスはまだあるの」

「大丈夫よ。タクシーで行くから」

そうだ、容子はリッチなのだ。小銭を計算する女ではない。

十分もしないうちに容子は現れた。速い。忙しそうに玄関から上がると、テーブルを越えて奥の部屋に入り込んだ。そして、和夫を捜すように室内をきょろきょろ見回した。

「和夫さんを捜しているの。いないわよ」

美登利は憮然と答えた。

「そうね。いないわね」

容子は悪びれずに言った。

容子のこうした芝居がかった所作は以前にも経験している。不躾なこういう振る舞いをどうにも出来ない自分が情けない。

それにしても和夫をマンションに匿っているという推理はどういう妄想だろうか。

以前、クリニックの飲み会の後、和夫にホテルに誘われただろうと探りを入れてきた事がある。とんでもない邪推だったので、なにを馬鹿なことをと対応したら、「そうなの、立派だね」と返してきた。

それはどういう意味なのかと美登利は考えた。尻軽女と思っているのか、男に飢えているとでも思っているのか、嫌な気分になった。美登利が飢えているのは両親の庇護だけなのにと思う。

思い返せば、飲み会の後、容子からお偉方との二次会に誘われた。その後、容子は院長と仲良く連れ立って帰ったが、後には自分と和夫がなぜか残された。深夜だった。和夫は電車がなくなったので、アパートに泊めてくれとしつこく言い寄ってきた。院長と同年輩で五人の子持ちのお父さんである。美登利はとんでもないと頑強に振り切って帰った。あの時、容子は自分をそういう罠にはめたような気がする。

容子の心のうちが解らない。それとも結婚できない女に対するお節介だったのだろうか。今回のことはマンション住まいをはじめた美登利に男の匂いを嗅いで、和夫の横領と結びつけたのかもしれない。

美登利は俗にいう結婚適齢期をとうに過ぎている。いかず後家は、様々な疑惑の対象になる。

結婚といえば、あの後、藍子はどうしているだろうか。


帰省した藍子から、しばらく経って手紙が来た。見送りのお礼が遅れたことの詫び状と現況報告だ。

帰省後、父の体調が回復したから、修業もかねて近くの公立病院に薬剤師として入職したとあった。

文面は東京に未練を残していた。田舎生活になじめないでいること、同僚や隣人、知人との会話が心もとないことなどを書いていた。

「どうして、田舎の人は口を開けたら、結婚の話しか出来ないのかしら。一日に五、六回は、他人の婚約や結婚の話を聞かされる」と。

田舎の人との意識の違いに辟易している様子が見て取れ、苛立ちが解るような気がした。東京が自分の性分に合っていると言っていたから、気持ちは東京に飛んでいるに違いない。それでも彼女は両親がいる郷里に落ち着くのだろう。親がいる人は幸せだと美登利は羨ましさを募らせていた。

それから三カ月も経たないうちに、次の手紙が来た。

「結婚します」だった。

挙式の詳細はなく、結婚式の招待もなかった。どういう人と、どういう経緯で結婚に至るかも全く知らせてくれなかった。それはごく事務的な内容で、彼女の幸せそうな雰囲気も前途の希望も伝わってこなかった。

美登利は藍子の真意を測りかねた。彼女はこれまでずっと自分のことを上辺だけの付き合い相手と割り切っていたのかもしれない。

けれども田舎生活の窮屈さが、結婚という形に追い詰めたのだろうか。両親の意向に逆らえない事情があったのだろうか。厳格な両親の下で親戚縁者の無言の圧力に屈したのだろうか。美登利は色々推察して彼女を思いやった。

結婚は青春を謳歌した先に、あるいは青春を諦めた先にぶら下がっている煌びやかなシャンデリアなのだろうか。あの時、藍子はまだ二十三歳、結婚を急ぐ年ではなかった。

むしろ結婚を拒否していた。

しかし、結婚した。彼女はその道を選んだ。

潜在的に強い結婚願望があったから、それを理論武装して無理に閉じ込めていたのだろうか。

高校時代は両親を欺いてでも東京の大学に行きたかった。そのため地元の大学は、自己判断で受験をボイコットした。

青春を大都会で謳歌することが彼女の願いだった。お嬢さん育ちで、プライドが高く、芯が強くて、何事も冷静に、緻密に計算して着実に進む人に見えた。楽天的で奔放な美登利とは対極にいる人のように思える。

今は幸せにしているだろうか。

美登利の同級生はおおかた、結婚という第二の人生に足を踏み入れている。まだの人は、と手を出してみたが指折りできない。周りはみんな結婚している。二十九歳、焦りが募る。

三カ月経った日曜日、容子から電話が来た。

院長と痴話喧嘩をして、マンションに籠もっていた。喧嘩の理由は言わないが、殴られて引っぱり回されたと言う。食事も昨日から摂っていないらしい。

美登利は介抱に行くと執拗に言った。

「こんな姿を見られたくないから、マンションには来ないで」

容子はか細い声で途切れ途切れに答えた。

顔面が腫れて唇も切れているらしい。

美登利は気がすむまで容子の話を聞くことにした。それだけでいいのだ。容子の心のはけ口は自分しかいない。

翌日から二日間休んで、三日目に出勤してきた。

元々細身の身体が、また痩せていた。表情は明るく顔面の打撲痕は目立たない。普段通り受付で気丈に優雅に働いている。

休憩時間に立ち話をした。容子は院長の不実をさらりと言った。

「私、どうしてこんな目にあわないといけないのかしら。もう忘れる。踏ん切りをつける」

そう言ったきり表情を崩さず口を閉じた。

別れる決心をしたのだ。愛人との別離を決断するには相応の葛藤があったはず。美登利は恋人との別れの苦渋を思い出す。しかし帰っていける両親がいる人はいいじゃないかと嗜虐的な気分にも落ちた。

容子は勤務時間が過ぎると所用があると言って、残務を分院長に任せてさっさと帰った。これまではどんなに遅くても、最後まで残って鍵をかけて帰るのが日課だった。容子とお茶を飲んだり、食事をしたりする機会もめっきり減った。

美登利は再燃した恋を大切にしたいと思っていた。真木男と交際中に思いを寄せた人だ。四年前、その三角関係を清算して、それっきりだった。

半年前、夜間大学OB会の懇親会に出席したのがきっかけで彼と再会。親密な交際に進展した。真木男と別れた美登利にとって、そういう経過は自然な成り行きだった。

昭二は、以前のまま、万年青年のような風情で穏やかで爽やかだった。彼は、大学で英語の講師をしている。美人の女房に逃げられたバツイチ男。

美人の女房は共稼ぎで化粧品会社の販売員だったが、仕事で知り合った男と駆け落ちした。大学講師は薄給なので、常々生活に不満を持っていたらしく、夫婦仲もうまくいってなかったという。美登利が夜間大学通学中、昭二と知り合った時と前後して離婚している。離婚の寂しさを埋める相手が美登利だったのかもしれない。

あの頃、大学の喫茶室でよくお茶を飲んで話をした。

「結婚していないと、できないことは何でしょう」

昭二はまだ少女っぽさの残る美登利にそんな謎かけをして遊んだ。美登利は何かいやらしいことを想像して警戒したが、昭二は爽やかで、大人だった。十歳、離れている。妹のように可愛がってくれているのが分かる。

「解った。離婚でしょう」

「頭いいね」

昭二はニヤリと笑った。彼は自身の身の上は話さなかったが、女房との離婚調停が進んでいた時だったと思う。

美登利は夜学に通うのが楽しみになった。昭二からお茶や食事に誘ってもらうチャンスを心待ちにした。

彼は、政治や社会に対する深い洞察を感じさせる話をたくさんした。美登利は興味津々で聞き、多くのことを学んだ。美登利が文学に興味を寄せていることを知ると、すかさずそれに関する話題を深めてくれた。三島由紀夫の本に感銘したことを話すと、次のデートには、その本を読んできて、その話題を深く広く論じてくれた。

気をそらさない程度に、食事や映画に誘ってくれ、心ウキウキする日々が経過した。

しかし美登利の心の内を真木男は気付いていた。

大学に男の影を察知していた。ある日、真木男は予告なく下校時に迎えに来た。下校時、いつもの場所に現れない美登利を捜して校内に入り、誰もいなくなったラウンジにたった二人きりでいる美登利と昭二を見つけた。仲睦まじく戯れている現場を目撃した。美登利は、ラウンジの隅に真木男を認めたものの、咄嗟に何が起きたのか分からなかった。気が付いたら、真木男の車に乗って自分のアパートに向かっていた。二人はしばらく無言だった。

「学生をたぶらかすような真似をする男はロクなものでない」

ぼそっと、真木男が言った。

「何もないわよ」

美登利は毅然と言ったが、真木男は答えなかった。

真木男の存在はすでに昭二に話してある。それを知って誘ってくるのは不謹慎な男なのかもしれない。

この事件がきっかけで、昭二とはなんとなく疎遠になった。

あの時は、真木男との年月に育まれた人情と情愛がしがらみとなり、元の鞘に収まったと思う。

今、二人はお互い誰に遠慮のない立場にある。自分に合う人はこの人かもしれない。自由奔放でわがままな自分でも大人の心で支えてくれそうだ。美登利はそう思っている。

「僕とは合わないよ」

別れ際の真木男の言葉を思い出す。

真木男は、美登利のアパートで、同級生だった幸子と出会い一目惚れをして自分の所に寄り付かなくなったと思い込んでいた。

あの日、彼は久しぶりに美登利のアパートに来た。幸子が帰ろうとしていた時で、一緒に幸子を車で送った。真木男はその足で、美登利をアパートに送り返してそのまま帰った。

「これから、人に会わなければならないから、今日はこれで帰る」

「えっ、そうなの。仕事？」

「うん。ダチと会う約束がある。ちょっと君の様子を見にきたけど、また改めて来るから」

真木男はそれから、目に見えて疎遠になった。てっきり、幸子に一目惚れをして通っていると思っていたが、真実は分からない。

彼は以前おもちゃ会社を興して喧嘩別れした友達と交流が再燃していた。今度はねずみ講紛いのサイドビジネスに手を出したらしい。野心？　それとも断りきれない事情があったのか。それが頓挫して雪だるま式に借金を作った。サラ金は、返済が遅れると取り立てが厳しくなる。自宅にも会社にも容赦なく押しかける。

負けず嫌いで頑張り屋だから会社の営業成績は抜群だったようだが、不祥事が表面化し、果ては体調を崩して入院したらしい。

真木男が別れを告げに来た日、八方塞がりで選択の余地がなかったかもしれない。美登利を不始末に巻き込まないことが使命で、母の忠告もあっただろう。

美登利は、真木男のこの間の窮地に至る変化に気付かなかった。

今にして思えば、妙に落ち着かない様子で無口だったことがよくある。何か言いたそうで何も言わない。何かが変化している予感もあったが、楽観の方が強かった。

最近、真木男の元同僚に出会って、この経緯を知った。しかし不祥事が先だったのか、縁切りが先だったのかわからない。もうどっちでもいい。トラウマにならないようにしなければと思う。

いや、トラウマで苦しんでいたのは真木男かもしれない。昭二とは、深い仲ではなかったが、そういうことを限りなく疑っていた。あの頃、美登利がウキウキして、日々、綺麗になっていくのが、あらぬ妄想を駆り立てたと思う。

一悶着あって、元の鞘に収まってからも、美登利の不実を許すことはできず、トラウマは膨張していたのではないだろうか。

別れの日、じゃあ、元気でと言って、帰った真木男の顔は、憑き物が取れたようにスッキリしていた。トラウマに苦しめられた過去が清算できる安心感だったのかもしれない。

トラウマは、心の底に沈殿して、何かをきっかけに繰り返し顔を出しては当事者を苦しめる。何年経っても、繰り返し起きる現象をPTSDという。

美登利は、今、彼がそのことで苦しんでいたのかもしれないという思いに至った。「僕とは合わないと、君もそう思っているだろ」。最後の言葉の裏には、昭二の存在がある。彼のトラウマだったと思う。


真木男とは、アイラ出版社が入っているビルの一階にあるコミュニティー広場で出会った。彼が友人と共同でおもちゃ会社を経営していた頃である。彼は定期的にコミュニティー広場の一角に設置してあるガチャガチャポンのおもちゃケースの補充と集金に来ていた。

美登利は就職して一カ月も経たない頃である。昼休み、一階に設置してあるドリンクの自動販売機を利用していて、彼に声を掛けられた。

人懐っこくて誠実な態度に好感を持った。二つ歳下だ。あの時から、長く付き合った。勝気な真木男は、負け惜しみのようなことを戯けたように言っては、いつも美登利を微笑ましくさせた。

ある時は、目の上のたんこぶである兄のことを「キザな野郎なんだ。俺様のほうがずっとハンサムだ」などと言って、美登利を笑わせた。

真木男とは、六十年早く別れが来たと思えばいいのかもしれない。聞きたいことも聞けず、言いたいことも言えずに、青春を支えた純真な愛の劇場は終わった。

あの時は、二人で昇ってきた梯子を突然外されたような気分だった。しかし真木男はもっと早く、美登利という重い荷物に耐え切れず転げ落ちていたのかもしれない。

一カ月が過ぎ、容子はさっそうと実家に帰った。

美登利は容子を新宿駅で見送った。

容子はさばさばして、元気で陽気だった。院長に対する未練は微塵も見られない。帰ったら、実家の敷地に自分の金で自分の家を建てると言った。

「手切れ金なんか、意地でも貰わないわよ」

「そうなの」

美登利は素直に頷いた。真相は分からない。

どっちみちリッチな彼女は再出発の資金に困らないだろう。新生活の構想も出来ていると言った。いつだって弱いところを見せず、前向きで行動的だ。そんな容子にパワーを貰ったし、そんなところが好きだった。

高級マンションの片付けは終わり、荷物はあとから配送業者に送ってもらうらしい。院長とどのように別れたのか、何が原因だったのか詳細は聞いていない。聞いても本当の事は教えてくれないだろう。

最近、本院は税務署の査察が入ったこと、経理担当だった和夫が売上金を相当額横領して逃げており、患者とは大変な訴訟沙汰が起きていることなどが囁かれている。

院内のゴタゴタで院長の風向きが変わったのかもしれないと邪推してみるが、終止符を打ったのは容子のほうで、容子が愛想をつかしたのは間違いない。このゲームを一旦降りて、次のアバンチュールを模索しているのだろうか。

結婚は懲り懲りというからこれからも愛人生活の道を生きるつもりかもしれない。

彼女はいつも周囲を華やかにし、美登利には格別の厚遇を与え、笑顔で元気をくれた。彼女に振り回されてばかりだと思っていたが、不遇な自分に精一杯目をかけてくれたと思う。なのに彼女の苦悩を何も分かってあげなかったのではないだろうか。様々な過去が蘇る。

容子は、気の多い院長に悩んでいた。奥さんの存在は認めるが、二、三人いる愛人の存在は認めることができず、たった一人の愛人として存在したかった。自分とはタイプの違う美登利にも、院長の触手が伸びることを恐れて、飽きずに牽制球を投げて寄越したような気がする。

一連の様々な猿芝居は、自分の立場が、砂上の楼閣であることに気付き、いたたまれなかったためなのかもしれない。

そういえば、彼女の自慢の身の上話は何の根拠も証拠もない。全て、彼女から聞かされたことばかりだ。美貌の自分を価値付けるため、経歴を詐称したり、出自を脚色したりするくらい朝飯前かもしれない。本来、奔放で人を疑うことを知らない美登利が嵌まった罠だったような気がしてきた。家族歴についてコンプレックスの塊である自分は、実はとるに足らないことに拘泥し、突っ張っていたような気がする。

この三カ月余りは、容子とゆっくり話ができなかった。しかし、言っておきたいことがあった。

「私、結婚します」

その心は、「結婚できない女ではないよ」。

こう言うと容子はどんな反応をするだろうか。けれどもそのチャンスはなかった。

容子の毒舌に振り回されて結婚願望を強くしたのだろうか。いや孤独な身の上である自分は本当は家族を求めていた。結婚によりできる家族を求めていたのかもしれないと思う。

半年後、昭二と結婚する。

「僕の給料じゃ、苦労をかけるよ」

昭二は離婚の二の舞いを恐れていた。

「大丈夫。私も働くから。なんとかなる」

美登利は気にしなかった。

「それから、一つ約束して欲しい」

「何かしら」

「逃げるときは前もって教えて欲しい」

「なあんだ。前の奥さんのトラウマね」

昭二はふふっと笑った。万年青年のような爽やかさが魅力的だ。

二人は相棒に逃げられた心の傷を持つ。この人も、あの辛い喪失感を味わった。だから自分を裏切ったりしないだろう。

結婚したら、子供をたくさん作っていっぱい家族を増やそう。決して、天涯孤独なんていう、寂しい人生を送らないように。

編集の仕事をしながら将来は文筆家になる夢は頓挫する。しかし小説は意欲があれば書ける。それよりも、本来、寂しがりやの自分は、心の奥深くに強い結婚願望があったのかもしれない。

青春はがむしゃらである。しかし、今が仕切り直すチャンスであろう、美登利は自分に言い聞かせていた。

容子は改札口に向かう折、ふっと振り返って美登利に何か言おうとした。けれども喉まで出かかった言葉を呑んだような気がした。

一度は結婚しなさいよ、だったかもしれない。

容子は、すぐになんでもないような顔に戻って、改札口を進んだ。

気の多い院長の不実を思い出して、怒りを噛みしめていたのかもしれない。あるいは、美登利を虚言で弄んだことへの懺悔の一言だったかもしれないと楽観的になる。

「あのう、手紙書くわね」

美登利は、ぎこちなく声を掛けた。

最後に言えなかったことを手紙に託そう。これだけは意地でも伝えなければならない。彼女は驚くに違いない。結婚願望があったの？　知らなかった。あなたはてっきり職業婦人の道を選ぶのかと思っていた。なんか危なっかしくて、私と似たような性癖をみて脅威だったのよ、と言うだろうか。

昭二は、世田谷に新生活をスタートさせるためのマンションを用意している。

青春は錯綜とし、青春の火は各自の胸に燃えたぎる。若者は不安と焦りと野望の渦に揉まれながら、手探りで何かに向かって進んで行く。何かを得たら、何かを失い、何かを知れば、何かを疎んじ、何かをつかんだら、何かをこぼす。虚言、虚飾、意地の張り合いには、限りない人間らしさが潜んでいる。こぼしたものがかけがえのないものだったかもしれないことは、永遠にわからない。何かを求め続けるのが青春である。

美登利は、持ち前の天真爛漫を武器に、飽きることなく人間の本性を求め続けようと思う。自分に語りかけてくる人生に耳を澄ましながら、半世紀先に納得できる結末が待っていることを願って。

新宿地下街の雑踏を歩きながら、ふと真木男の幻影を見た。

何か、今、自分が行こうとしている道は間違っていないだろうか。

真木男はどうしているだろうか。あの日、別れてからそれっきりだ。二年が経つ。立ち直って、軌道修正して順調に頑張っているだろうか。気の合う人と結婚しただろうか。

あの時、真木男の苦悩を分かってあげようとしなかった。一途ゆえに深みに落ちた男の窮地を分かろうとしなかった。その経緯も中身も、解決の方法も一切、美登利とは関係のないところで事態は進行した。

また、その経緯を知りたいと、問うても教えてはくれなかっただろう。

家族の思いはいかばかりだったろうか。いかに経済力のある家族でも、事態は深刻であったろう。美登利をそうした環境に巻き込まないように配慮したのは、母の思いやりだ。

美登利は、根本的に真木男の人格は信頼していた。けれども意地を張って突っ張った。相手の気持ちを慮ることなく、ただ自分のケチなプライドを通した。どうしてあの時、あなたの力になりたいと言えなかったのだろうか。自分はその厄介から逃げたような気がする。

　真木男には、天涯孤独を癒やしてもらい、ずっと支えられてきた。あの時こそ、彼のためにできる限り、お節介と言われようと、支えになるべきだった。素直な心で、冷静に事実を見つめれば自分が取るべき態度は変わっていたかもしれない。母の身代わりのような、身内のような、気のおけない存在だった真木男は、ひょっとしたら掛け替えのない相手だったのかもしれない。今ではもう取り返しはできない。

しかし美登利は決意した。真木男に連絡してみよう。

あの時、意地を張って、聞きたくても聞けなかったことを聞こう。

そして、これまで支えてくれてありがとうと言おう。

（了）

細川　かの子（ほそかわ　かのこ）

宮城大学大学院看護研究科博士前期課程修了。看護師、認定心理士、メンタル心理カウンセラー資格取得。

【著書】
『看護ってなぁに』細川かのこ（ブイツーソリューション）

忘れえぬ人

2020年10月31日　初版第１刷発行

著　　者　細川かの子
発 行 者　中 田 典 昭
発 行 所　東京図書出版
発行発売　株式会社 リフレ出版
〒113-0021　東京都文京区本駒込 3-10-4
電話（03)3823-9171　FAX 0120-41-8080
印　　刷　株式会社 ブレイン

ISBN978-4-86641-350-1 C0093
Printed in Japan 2020